Ellya Apria N

HANUM

GERIMIS CINTA, GEMURUH RINDU

PIMEDIA

HANUM (GERIMIS CINTA, GEMURUH RINDU)
Ellya Apria N

Penyunting: Ikhwanul Halim & Ahmad Maulana S.
Desain Sampul & Tata Letak: Tim PIMEDIA

Diterbitkan oleh PIMEDIA Bandung
Cetakan pertama, 2021

Teruntuk:

- *Bapak dan Mamak tersayang: Sujarno & Siti Khomsaton.*
- *Manusia baik kiriman Tuhan yang amat sabar menghadapi sifat kekanak-kanakanku: Suamiku Ari Antoro.*
- *Separuh hidupku, yang hadirnya menjadi alasan untukku selalu berusaha menjadi lebih baik: Anakku Syafiq Rayyan Al Fatih.*
- *Semua rekan kerja, teman dan adik-adik alumni PR IPM Aliyah Muhammadiyah 1 Purbolinggo-Lampung Timur.*
- *Pimedia dan crews.*

Pengantar Kurator: Hanum, Kisah Cinta yang Melulu Berkubang Noda?

lantas, dengan apa lagi kumaknai cinta
jika semua mesti saja kau baca noda?

Awal masuk meja editor, draft naskah novel HGCGR sukses menerbit kernyit dengan sebongkah tanya yang itu-itu melulu: Tema cinta lagi?

Kernyit di kening semakin bertambah ketika masuk ke tahap pembacaan naskah. Penyebabnya sederhana, yaitu karena kisah yang disajikan kemudian memuara ke sebuah bentuk yang pernah dikenal sebagai cinta yang melulu berkubang noda.

Ada cukup banyak kejutan dalam kisah Hanum. Termasuk latar belakang para tokoh yang dinarasikan dalam cerita, yang kabarnya berbasis lingkaran tertentu penolak prosesi cinta sebelum sah namun justru seakan tengah mengglorifikasi hal yang sebaliknya.

Pertanyaan yang muncul kemudian adalah apakah sebagai sebuah karya, novel Hanum ternyata cacat logika serta berkubang noda, baik ditilik dari tema maupun juga latar pelaku serta peristiwa yang terekam di dalamnya?

Mengapa mahasiswi yang karib dengan kegiatan terkait kajian keagamaan, tak mampu menghindar dari tren berpacaran? Pun gelar tak lazim milik Faris, yang disebut-sebut sebagai Ustaz Sejuta Akhwat.

Tak perlu terburu-buru menyematkan novel ini sebagai karya buruk kurang riset buatan penulis munafik bertabur tokoh pengidap kepribadian yang pecah, karena akar semuanya mengarah ke satu kata: Cinta.

Mengapa cinta, barangkali hanya Tuhan yang tahu sebab konon, itu adalah panggilan sayang-Nya. Bahkan jika 99 nama agung-Nya dilebur, maka nama yang akan muncul hanya satu: Cinta, Sang Maha Cinta.

Lalu dengan cinta-Nya, Ia percikkan segala simbol Ilahiah-Nya ke seluruh ruang dan waktu. Terciptalah semesta, termasuk manusia di dalamnya. Dan sunatullah pun berjalanlah. Simbol kasih sayang yang diperoleh wanita, serta keagungan dan keperkasaan bagi lelaki, terus bergerak dan mencari cara untuk menyatu sebab penyatuan dari keduanya akan menetaskan simbol baru buah ke-Maha Segalaan–Nya, rahmat.

Membaca trilogi Hanum hari ini pada akhirnya lebih sebagai upaya memaknai segalanya tentang cinta; Cinta dalam cinta. Cinta yang melahirkan cinta. Juga cinta yang membawa semua cinta keharibaan Sang Empu Cinta. Ah ....

Pimedia
Ahmad 'Bay'Maulana S

Daftar Isi

Prolog

"Aku bukan hujan yang akan kembali setelah jatuh berkali-kali, Kak." Wajah Hanum luar biasa sendu.

"Tolong maafkan aku ...."

Alvin bersimpuh di hadapan Hanum, membuat air mata luruh dengan lebih gegas di pipi sang dara.

"Kak, aku sudah memaafkan semuanya." Hanum turut bersimpuh. Keduanya saling berhadapan dalam tunduk bersama gerimis yang entah mengapa menetes begitu tiba-tiba, memberi basah merata pada baju yang mereka kenakan. Tapi, keduanya tak peduli.

"Lalu, kenapa kau tak mau kita kembali me...."

"Kak, aku ... aku sudah menerima pinangan orang lain."

Kalimat Hanum merupa petir di telinga Alvin, membuat dirinya langsung hilang tulang. Matanya sayu, napasnya sengal.

"Maaf, Kak, kisah kita telah usai."

***

Selembar Surat dari Masa Lalu

Melupakanmu sama susahnya dengan mengingat orang yang tak pernah kukenal sebelumnya!

Hanum mendelu. Ia merasa ungkapan itu seperti tercipta khusus bagi dirinya.

Dicobanya untuk memejamkan mata. Erat, rapat, demi apapun yang kini mengganggunya itu bisa sirna. Tetap sia-sia. Tetap semua enggan hengkang, bahkan kini berbalik mencengkeram dengan hujam yang lebih dalam.

Semua bermula dari buku bersampul hijau muda, yang tak sengaja ia temukan di antara lipatan pakaian miliknya. Buku yang penuh rekaman sketsa-sketsa kecil alur hidupnya di masa lalu. Buku yang seketika menerbit ingin, untuk dirinya melarung di kecipak kenangan yang pernah ia pahatkan di dalamnya.

Tapi belum jauh kembara Hanum menelusuri riuh peta masa lalu itu, ketika tatapnya menumbuk sesuatu yang membuatnya gelisah.

Selembar surat?

Assalamualaikum, Hanumku yang cantik ....

Wanitaku yang sangat penakut, happy birthday to you.

Semoga di usia ini kamu menjadi pribadi yang lebih baik lagi.

Jangan pelit memberi senyum ke aku, ya, sebab senyum kamu menjelma kekuatan tersendiri bagiku.

Aku bahagia Tuhan telah mengirim dirimu dalam sepenggal kisah hidupku.

Kamu tahu, Hanum, kamu adalah alasan dari setiap perjuanganku.

Hanum, aku tak dapat memberi sesuatu yang istimewa di hari spesialmu ini. Hanya untaian doa serta Teddy Bear. Kuharap kamu mau menjaganya sama seperti aku yang selalu menjaga namamu dalam hati dan doa-doa panjangku saat menghadap Tuhan.

Hanum, jika boleh meminta pada Tuhan, aku akan memintaNya menjadikan dirimu pelengkap dari separuh agamaku.

Hanum, aku mencintaimu.

Salam sayang dariku, untukmu Si Putri Jawa yang penakut, hehe ....

Metro, 27 April 2014.
Alvin.

Nama yang tertera di bagian akhir membuat mata Hanum memburam. Sepenggal nama, dengan begitu banyak penggal kenangan, yang justru teramat ingin ia pendam tanpa bisa digali lagi selamanya.

Jantungnya berdetak lebih lekas. Otaknya meradang mengingat semuanya. Tapi di sisi yang lain, entah mengapa ia juga merasa ada sesuatu yang kembali menyulut gemuruh di sanubari paling tersembunyi miliknya.

"Hanum, udah ketemu barangnya?" Sebuah tanya tiba-tiba membuat Hanum terlonjak. Sigap ia kembalikan buku bersampul hijau ke tempat semula, menutup lemari, lalu terburu-buru menghapus jejak pilu yang menggelayut di ujung binar indah miliknya bertepatan dengan terkuaknya pintu kamar.

"Kenapa dengan matamu, Nak?"

"Cuma kelilipan aja kok, Bu."

Hanum berbohong. Ia masih terlihat gugup.

***

Menjemput Popularitas?

"Aku duluan ya, Mbak," pamit Hanum ke teman asrama. Dikayuhnya sepeda dengan susah payah menuju kampus. Hatinya gamang.

Hari pertama masuk kuliah memberi Hanun rasa yang sama seperti awal masuk TK dulu. Cemas, grogi ... minder.

Ia merasa, dirinya tak lebih hanya anak desa. Pun tak mengenal siapa pun. Mampukah ia untuk tetap menjadi Hanum yang dulu, yang tetap periang di manapun serta dalam kondisi apapun?

Hanum benar-benar merasa sendirian, di lingkungan yang serba asing bagi diri dan pengalamannya.

Bersyukurnya, ia masih punya Oca, sosok ramah yang dikenalnya ketika masih sama-sama menempuh ujian penyaringan kampus.

"Besok aku jemput aja ya, Han, enggak usah naik sepeda lagi," tawar Oca tulus, membebaskan gadis mungil itu dari siksa mengayuh sepeda yang sadelnya terlalu tinggi.

Belum lagi Hanum menjawab ketika ponsel di kantung tas depan bergetar. WA dari Ayah.

Mbak Hanum udah sarapan?

Udah, Yah. Ini udah di kampus.

Ya udah. Selamat belajar, ya.

Hanum membalas dengan *emoticon* sayang, sebelum akhirnya bergegas menyusul Oca.

***

Menjadi mahasiswa baru bagaimanapun juga tetap menghadirkan semangat tersendiri bagi Hanum. Ia merasa seperti baru dilahirkan kembali, dan siap untuk meraih semua target yang tersusun. Menuju cita-cita, dengan asa yang paling membara.

Sayangnya, ada satu hal yang terus mengganjal dalam hati, ia belum memiliki teman di kampus ini.

Tanpa sadar Hanum melamun. Hatinya tak henti bertanya, tentang adakah sosok yang bisa sukses, dengan hanya mengandalkan diri sendiri?

"Kulihat kamu sudah banyak yang kenal yah, Cha?"

"Emang kenapa?" Oca menjawab sambil sesekali bertukar sapa hangat saat berpapasan dengan mahasiswa.

"Enggak apa-apa, sih. Cuma heran aja karena kamu udah keliatan akrab banget sama mereka. Hebat banget kamu, Ca."

Tak disangka, pujian tulus dari Hanum malah bikin Oca tertawa, membuat Hanum merasa bingung karena merasa tak ada yang lucu dari ucapannya barusan.

"Sebagian memang aku sudah mengenalnya, Han, seperti Si Jack dan Fitri barusan. Mereka teman satu SMK, biar nanti aku kenalin ke kamu, yah."

Sambil menuju ruang perkuliahan, obrolan mereka semakin *gayeng*. Tentang masa putih-abu yang baru saja mereka tinggalkan, masa yang kabarnya paling indah penuh romansa. Hanya saja bagi Hanum sendiri, masa SMA tak ada bedanya dengan saat ia masih duduk dibangku SD dan SMP, datar. Justru kenangan ketika masih TK yang paling berkesan bagi dirinya.

Ruang perkuliahan telah hingar saat mereka tiba. Mata Hanum langsung *kelayapan* mencari bangku yang masih kosong, berbeda dengan Oca yang justru malah asyik membaur mencoba berkenalan dengan yang lain.

Pintar banget Si Oca dalam menjalin pertemanan, batin Hanum saat dilihatnya Oca telah mulai bertukar tawa dengan teman baru, padahal baru kemarin dia kenal dengan beberapa dari mereka," gerutu Hanum dalam hati. Kakinya tertuju pada bangku kosong yang terletak di pojok depan, menaruh tas lalu duduk dengan tenang di sana. Sesekali matanya mengedar pandang, coba menaksir dengan lebih detil setiap inci ruangan serta rupa semua yang hadir, sebab bersama mereka semua kelak akan ia habiskan kebersamaan setidaknya selama delapan semester ke depan.

"Hanum ... kenalin, ini Fitri," Tahu-tahu Oca menepuk bahunya, nyaris membuatnya melonjak.

"Kaget? Makanya ... jangan banyak melamun." Oca tak kuasa menahan tawa melihat ekspresi Hanum yang salah tingkah. Begitu juga dengan teman baru yang dibawanya.

Hanum membalas uluran tangan Fitri sambil turut tertawa.

Tak lama berselang, dari arah luar datang lagi satu orang, yang kembali diperkenalkan Oca kepada Hanum sebagai Jack. Tanpa dikomando, langsung tercipta perbincangan seru mengenai kisah masa SMA yang baru saja ditinggalkan.

Diam-diam Hanum merasa kesal sendiri. Kenapa harus selalu masa SMA yang menjadi topik pembicaraan saat awal berkenalan? Sungguh Hanum merasa masa SMA yang dilaluinya tak ada yang luar biasa serta tak secuilpun meninggalkan kesan mendalam.

Obrolan terhenti tiba-tiba ketika rombongan berjumlah tujuh orang memasuki ruangan. Sepertinya para pengurus HIMA[1].

Hanum ingat sebagian dari mereka, membuatnya merasa antipati waktu rombongan itu mulai membuka dengan salam dan memperkenalkan diri sebagai pengurus. Apalagi, sosok yang berbicara kebetulan justru orang yang sama yang menghukum dirinya saat telat satu menit saja waktu masa orientasi kampus kemarin, yang membuatnya benci setengah mati.

Namun kebencian Hanum tak bertahan lama. Berubah menjadi sebentuk ketertarikan ketika salah satu mereka menjelaskan tujuan utama kedatangan mereka, yaitu untuk membentuk pengurus kelas di angkatan Hanum.

Kakak tingkat tersebut mengumumkan bahwa siapa pun yang berminat untuk menjadi ketua angkatan dipersilakan untuk maju ke depan kelas.

Hanum merasa ada kilasan ide yang merayap di pikirannya.

Inikah saatnya?

Tapi Hanum masih merasa gamang.

Beberapa menit telah berlalu, tapi tak satupun ada yang maju.

Inikah saatnya?

Tapi ....

Lagi-lagi Hanum bertanya-jawab sendiri.

Akhirnya Hanum mengambil keputusan. Ia tak ingin membiarkan rasa minder terus berlarut dan menguasai diri, bahkan hingga membuat dirinya mengalami *inferior*

---

[1] HIMA/HMJ: Himpunan Mahasiswa Jurusan.

kompleks[2]. Ia juga tak ingin terjebak dalam perasaan rendah diri mengingat latar belakangnya yang cuma berasal dari desa. Apalagi jika gara-gara itu, dirinya sampai harus mengidap *avoidant personality disorder*[3].

Tidak. Ia hanya butuh teman. Butuh teman sebanyak-banyaknya agar semua kemudian kembali baik-baik saja. Dan ide ini adalah sebuah cara penyiasatan yang amat sempurna!

Tiba-tiba semua mata tertuju pada Hanum saat ia—*dengan langkah yang dibuat semantap mungkin*—memberanikan diri untuk maju kedepan.

Hanum nekat mencalonkan diri untuk menjadi Ketua Angkatan!

Melihat Hanum yang seorang perempuan maju kedepan seketika menularkan keberanian. Beberapa mahasiswa akhirnya tersulut dan ikut maju kedepan. Ditambah satu mahasiswi lainnya hingga akhirnya ada tak kurang dari delapan orang yang turut mencalonkan diri.

Penyampaian visi-misi, berlanjut dengan sesi tanya-jawab hingga akhirnya tiba ke prosesi pemungutan suara.

Hasilnya?

Hanum sukses memperoleh suara terbanyak ... kedua setelah Lukman. Membuat dirinya secara otomatis didaulat menjadi Sekretaris Angkatan.

Seperti yang telah diduga oleh Hanum sebelumnya, usai perkuliahan hari itu ia banjir ucapan selamat dari teman-teman satu jurusan melalui WA.

---

[2] Minder berlebihan.

[3] gangguan kepribadian di mana penderitanya menghindari interaksi sosial karena merasa dirinya lebih rendah dari orang lain

Hanum tersenyum. Ide yang dimilikinya lumayan juga.

Sejak awal, ia memang tak pernah berniat untuk menjadi Ketua Angkatan. Niatnya sekadar mencuri momen.

Setidaknya, dengan cara itu ia menjadi dipandang sah untuk memperkenalkan diri di hadapan seluruh teman barunya, hingga mereka tahu nama yang dia punya: Hanum Mawrinza.

Meski bila dipikir-pikir lagi, cara berkenalan massal yang ia lakukan memang sedikit rada gila!

Petaka di Laboratorium Kimia

Kuliah di Program Studi Pendidikan Fisika mengharuskan Hanum dan teman-temannya menyelesaikan mata kuliah Kimia Dasar dengan jadwal rutin tertentu setiap minggu di laboratorium kampus.

"Yeee! Kita satu kelompok," teriak Oca sambil berjalan ke arah Hanum yang tiba lebih dulu di ruang laboratorium Kimia.

"Alhamdulillah." Hanum tak kalah gembira. Dirinya benar-benar bersyukur satu kelompok dengan Oca sebab ia menilai Oca adalah pribadi yang penuh tanggung jawab dalam menyelesaikan tugas.

"Sama siapa lagi?"

"Hemm ... sama Alvin," jawab Oca singkat sambil sibuk mencatat jadwal praktikum.

"Alvin? Yang mana ya, anaknya?"

"Besok juga kenal."

***

Hanum, Oca dan Alvin duduk saling bersebelahan dalam satu kelompok. Tidak ada perkenalan, juga tidak ada basa basi di antara ketiganya hingga waktu praktikum hampir usai. Ketiganya hanya berfokus pada penyelesaian data serta laporan sementara hasil praktikum secepat-cepatnya agar bisa ditandatangani oleh Asisten Laboratorium, untuk kemudia barulah laporan praktikum yang sebenarnya bisa digarap.

Hanum dan Oca sibuk menyelesaikan laporan ketika suara benda pecah terdengar dari meja praktikum kelompok mereka.

Seisi ruangan terkejut, mencoba mencari tahu apa yang terjadi. Termasuk mata bulat Hanum yang langsung berseliweran penuh kecurigaan.

"Alvin!" ketus Hanum. Dilihatnya Alvin tengah berjongkok memunguti serpihan kaca yang terserak di lantai.

"Ma-maaf... aku menjatuhkan gelas ukur," gugup Alvin.

"Lain kali hati-hati, jangan ceroboh begitu ...." Bukannya membantu, Hanum malah kembali ke meja praktikum dengan wajah masih cemberut. Untunglah Oca sigap membantu.

***

Assalamu alaikum, Hanum. Ini aku, Alvin.

Sebuah *chat* masuk ke gawai Hanum tepat pukul delapan malam. Hanum hanya membaca tanpa membalasnya. Lagipula, ia harus segera pergi ke ruang Aula yang terletak di lantai dasar asrama untuk mengikuti kajian Ustaz Hamdi.

Asrama Hanum memang memiliki aturan yang cukup ketat, termasuk di antaranya adalah tidak memperbolehkan mahasiswa menggunakan kendaraan apapun selain sepeda sebelum menginjak semester lima serta mengharuskan untuk mengikuti kajian keislaman setiap usai kegiatan perkuliahan.

Hanum sendiri tak merasa keberatan. Baginya, ilmu agama tetaplah bekal terbaik bagi dirinya dalam menjalani kehidupan yang penuh tantangan zaman. Sama tak keberatannya terhadap yang dilakukan orang tuanya.

Ia sadar bahwa dirinya adalah Hanum Mawrinza, seorang *Puja Kesuma*[4] kesayangan ayah dan ibunya. Tak heran bila kemudian nyaris tak ada hari terlewati tanpa pesan dan sambungan telepon dari mereka. Entah itu sekadar bertanya kabar, maupun juga remeh-temeh harian lainnya seperti apakah sudah makan atau belajar atau istirahat dan sejenisnya.

Tapi ia tidak merasa dianakkecilkan. Yang ada justru hangat di dada, penuh kesan mendalam, meski hanya dalam bahasa cinta paling sederhana bernama: Perhatian.

Sebuah chat kembali masuk ke gawai Hanum. Namun, ia tak menghiraukannya. Ia lebih memilih untuk bersiap menghadiri kajian ustaz tampan lulusan Universitas Riyad idolanya itu meski sayangnya Ustaz Hamdi sudah beristri. Padahal, andai saja si ustaz masih bujangan, bisa jadi ia akan mengajukan diri untuk dijadikan istri, ha ... ha ....

Kajian berjalan lancar. Anehnya, selama mengikuti kajian, Hanum sama sekali tak dihinggapi rasa kantuk. Padahal bila ustaz lain yang mengisi materi, Hanum biasanya lebih sibuk menahan kantuk ketimbang mencerna isi kajian. Ini pasti karena pengisinya adalah Ustaz Hamdi!

Sesampainya di kamar, Hanum mengambil gawai yang sebelum kajian ia letakkan di rak buku samping ranjang. Ada satu pesan belum terbaca.

Maafin aku, yah, atas kecerobohan di lab. Aku benar-benar tidak sengaja. Kamu enggak usah khawatir soal gelas ukur yang pecah, biar aku yang menggantinya.

---

[4] Putra Jawa Kelahiran Sumatera

Baru saja Hanum hendak membalas, ketika sebuah pesan kembali masuk.

Hanum, kenapa enggak dibales? Kamu marah yah sama aku? Maafin aku, yah. Selamat istirahat.

Pada akhirnya Hanum tak mampu mempertahankan kesebalannya terhadap Alvin yang terlihat kebakaran jenggot sendiri. Lagi pula, sebenarnya ia marah bukan karena gelar ukur yang pecah, melainkan lebih kepada sikap ceroboh Alvin saat mengikuti praktikum.

Iya, enggak papa.

Akhirnya Hanum membalas.

Baru saja Hanum ingin melanjutkan chat WA-nya ketika pesan Alvin kembali masuk.

Hanum, tapi aku mau minta maaf lagi.

Maaf? Untuk apa?

Hanum, maaf .... Aku menghilangkan kertas laporan sementara hasil praktikum kita tadi siang.

Mata Hanum melotot. Laporan sementara hilang? Terus, bagaimana cara ia mengerjakan laporan praktikum, yang mengharuskan seluruh mahasiswa membuatnya dengan tulisan tangan?

Hanum mengabaikan pesan terakhir Alvin. Ia sudah terlanjur kesal dengan semua kecerobohan yang Alvin lakukan hari ini.

"ALVIIIINNNNN ...!"

Hanum membanting gawai ke atas ranjang dengan penuh gemas.

Pempek Perdamaian

Alvin berpikir keras. Memecahkan gelas ukur saja sudah membuat Hanum bersikap ketus, sekarang malah Laporan Sementara Praktikum tak sengaja ia hilangkan. Hufh .... Bisa-bisa, bentuk mulut Hanum jauh lebih kerucut dari corong bensin!

Padahal, Alvin merasa Hanum begitu ... *apa, ya, namanya. Menarik?*

Ia sendiri tak tahu apa yang membuat mahasiswi jutek itu memiliki kesan tertentu di matanya, dan belum berminat untuk mencari tahu setidaknya untuk saat ini. Ia hanya mencoba berpikir praktis, mencari cara untuk melakukan sesuatu yang sekiranya bisa memperbaiki semua. Tapi, apa?

Mendadak, Alvin terlonjak. Meloncat dari posisi awal dirinya yang khas kaum rebahan.

Ah, mengapa tak terpikirkan dari tadi, rutuk Alvin penuh gemas terhadap diri sendiri.

Beruntungnya, sore baru menjelang. Masih cukup waktu untuk mempersiapkan bahan-bahan yang dibutuhkan, dan ... tentu saja menggubah sepucuk surat: untuk Hanum!

***

Taraaaa ...!

Alvin merasa segala lelah-payahnya sejak pagi buta terbayar. Seporsi besar pempek Palembang siap dibungkus untuk Hanum.

Jangan ditanya soal rasa pempek buatannya. Cukup hanya kuahnya saja, dijamin akan membuat siapa pun ketagihan!

Bagaimanapun juga, ia adalah Alvin Sanjaya. Alvin yang tak sekadar memiliki darah murni Palembang, melainkan juga punya keahlian mumpuni untuk urusan olah-mengolah penganan khas itu. Sesutau yang tak perlu dibuat heran mengingat dirinya memang lahir dan dibesarkan dalam keluarga pengusaha pempek paling tersohor enaknya di tanah leluhur.

"Hai, Han," sapa Alvin saat Hanum hendak menaiki sepeda.

"Hai ...."

"Enggak bareng Oca?"

Hanum menggeleng enggan. Hatinya masih penuh keki dengan sosok di depannya ini.

"Mmm ... ini buat kamu." Agak canggung juga Alvin ditanggapi secara dingin oleh Hanum.

"Apa ini?"

"Pempek Palembang buatanku, terimalah." Ditaruhnya tentengan itu di keranjang sepeda Hanum, lalu bergegas menuju entah ke mana.

"Hai! Ini apa maksudnya? Aku tak memesan empek-empek!" Hanum berteriak kebingungan.

Namun Alvin justru lebih mempercepat langkah jangkungnya, meninggalkan Hanum yang semakin disergap kebingungan.

***

"Assalamualaikum ...." Hanum melepas alas kaki di teras asrama.

"Walaikumussalam," Nisa dan Keisha kompak menjawab. "Apa itu, Han?" tanya mereka saat Hanum masuk kamar sambil menenteng sesuatu.

"Buka aja sendiri," jawab Hanum singkat sambil meletakkan bungkusan di atas meja.

Nisa mendengus sejenak. Curiga, sebelum akhirnya sigap melompat dari ranjang. Sorot matanya kian tajam, sebelum akhirnya meledak sendiri.

"Gila! Asli Palembang! Kau dapat dari mana, Han?" berondong Nisa sambil sibuk mencari mangkok dan sendok, lalu tanpa ba-bi-bu lagi langsung menyantap nikmat itu dalam kulum maksimal.

Mata Nisa yang merem-melek penuh kenikmatan menjadi penanda untuk Keisha wajib bersegera. Terlambat satu menit saja, bukan mustahil hanya bungkus plastiknya yang tersisa!

"Dapat dari mana, Han?" Nisa masih mencecar. Ia memang ahli membedakan antara pempek asli kota Palembang atau hanya kelas kawe, sebab dirinya punya saudara yang rutin mengirimi pesanan makanan kesukaannya itu secara berkala ketika tiba waktu libur.

"Dari Alvin ya, Han? Siapa dia? Kok aku belum pernah mendengar ceritanya dari kamu?" goda Nisa sambil pura-pura terbatuk.

Dari mana Nisa tahu?

"Nih, ada surat cintanya, Ha..ha..ha...." tawa Keisha mencomot sepucuk surat yang rupanya dlselipkan Alvin pada bagian atas pempek dengan tulisan besar-besar "Dari Alvin" tepat di tengah amplop.

Hanum menerima surat tersebut, dan membukanya dengan ekspresi datar.

Assalamualaikum, Hanum.

Aku minta maaf atas kesalahan yang kemarin.

Aku benar-benar tak sengaja.

Ini aku buatkan pempek Palembang khusus untuk dirimu, sebagai bentuk permintaan maaf dariku.

Aku berharap, semoga setelah ini kita bisa berteman.

Wassalamu alaikum,

Alvin.

Hanum menyelipkan surat tersebut di buku harian. Ia tak mau kedua sahabat satu kamarnya itu tahu dan ikut membaca. Bisa kena *bully* ia nanti.

"Hanum, bilangin sama Alvin, yah, pempeknya begini," kecap Keisha mengacungkan ibu jari,

"Kamu enggak mau nyobain, Han?" tanya Nisa heran melihat Hanum masih tak beranjak dari atas ranjangnya.

"Habisin aja." Hanum menjawab singkat.

Mendadak, Keisha menghampiri Hanum dan memaksa untuk turut mencicipi pempek Palembang dari Alvin tersebut.

Hanum mencoba menolak, tapi Keisha malah membuka paksa mulutnya sambil terus tertawa-tawa, membuat Hanum akhirnya kebobolan juga. Sekerat pempek sukses mendarat di mulutnya, hingga mau tak mau ia kunyah juga sambil turut tertawa.

"Gimana? Enak, kan?"

Mau tak mau Hanum membenarkan. Mulutnya kini sama sibuknya dengan milik kedua teman sekamarnya itu.

Rasa pempek buatan Alvin memang benar-benar lezat!

Mulutmu, Komodomu!

Mentari pagi menyapa bumi dengan cercah-cercah sinar yang penuh kehangatan membuat Hanum turut tertular, siap untuk memulai hari dengan penuh semangat.

Semua sudah terkemas rapi, tinggal menunggu Oca datang menjemput.

Lima menit berlalu, Oca belum juga tiba. Tumben.

Sepuluh menit kemudian, Hanum mengayuh sepedanya agak bergegas, khawatir terlambat kuliah jadwal pertama.

***

Ketidak hadiran Oca membuat Hanum merasa seperti orang asing di ruang perkuliahan. Meski ia telah kenal semuanya, tetap saja sekadar kenal sebatas nama. Tak ada yang benar-benar akrab dan menjadi sahabat sejati baginya. Kecuali Oca, Fitri juga Jack.

Memasuki empat jam perkuliahan, Hanum mulai menguap. Rasa kantuk seakan menyerbu dari seluruh penjuru.

Semenjak tinggal di asrama Hanum menjadi mudah mengantuk. Mungkin efek sering ngobrol hingga larut malam bersama Nisa dan Keisha.

"Hai, Han." Sebuah suara memanggil saat perkuliahan selesai. Suara khas yang akhir-akhir ini telah ia hafal. Pasti dia!

Dan, benar saja. Dilihatnya si jangkung pemberi pempek Palembang kemarin melontar senyum sambil berusaha menjejeri dirinya.

Lidah Hanum tetap bergeming, meski kali ini bibirnya membalas senyum, yang jauh lebih tipis dari keripik tempe.

Efeknya, sungguh luar biasa bagi Alvin. Melihat Hanum tersenyum membuat mata si jangkung langsung penuh binar. Ia merasa, senyum Hanum sudah cukup menjadi pertanda bahwa dirnya telah dimaafkan.

"Oca ke mana?" Kembali Alvin bertanya saat keduanya telah mengenakan jas lab serta siap tempur di meja praktikum. Meski sebenarnya ia pesimis Hanum akan membalas tanya barusan.

"Sakit gigi ...."

Jawaban Hanum yang pelan membuat Alvin ternganga. Ia nyaris tak bisa mempercayai kenyataan, bahwa Hanum yang selama ini patung bermulut rapat, akhirnya mau bertukar sapa dengannya.

Tak percaya, Alvin memutuskan untuk terus membuka komunikasi.

"Berarti hari ini kita praktikum berdua, dong?"

Hanum mengiyakan, membuat Alvin nyaris melompat saking senangnya.

Praktikum hari itu berjalan sangat lancar. Sebisa mungkin Alvin mencoba untuk tidak teledor, demi selanjutnya ia dapat terus berteman dengan Hanum.

***

"Alvin, makasih pempeknya kemarin, ya." Suara Hanum lembut terdengar saat kaki Alvin baru melewati pintu keluar ruangan lab. Sontak langkahnya terhenti, dan berputar balik mendekati Hanum.

"Ehmm, iya. Kau suka pempek buatanku?" Wajah Alvin penuh semangat. Hatinya girang luar biasa, benar-benar amat tak menyangka. Padahal, ia menduga Hanum tentu akan berlaku sama seperti biasa. Tak mempedulikan pempek yang ia berikan secara tulus kemarin, yang memang dibuat khusus untuk Hanum seorang.

Hanum mengangguk, jantung Alvin semakin kalap berdetak.

"Alvin ... aku tak sejahat itu padamu." Hanum kembali bersuara. Kali ini mengundang kebingungan di diri Alvin.

"Maksudnya?" Alvin mencoba untuk memperjelas.

"Jack sudah menceritakan semuanya padaku." Hanum memungut tas di kolong meja praktikum, menyampirkan di bahu kanan lalu beranjak meninggalkan Alvin yang kini terlihat seperti orang yang salah tingkah.

"Parah Si Jack, kenapa diceritakan ke Hanum," Alvin bergumam sendiri dengan wajah penuh sesal.

Ia memang telah bercerita kepada Jack tentang penilaiannya selama ini terhadap Hanum. Tentang Hanum yang menurutnya adalah gadis pemarah, sangat tegaan serta tidak peduli dengan kawan sendiri. Termasuk ketika ia tak sengaja menjatuhkan gelas ukur tempo hari. Bukannya membantu, Hanum malah pergi begitu saja.

Juga tentang pendapatnya bahwa Hanum sombong, susah diajak berkawan serta senyum yang amat langka menghias bibir membuat ia lebih terlihat sebagai patung. Ya. Gadis patung, dengan perangai yang amat angkuh.

"Awas kau, Jack!" Lagi-lagi Alvin bergumam sendiri. Merasa kesal dengan ulah Jack sekaligus menyesali diri sendiri yang sembarangan bicara.

Alvin berlari menuju parkiran lab. Ia hendak meminta maaf kepada Hanum, meski entah untuk yang keberapa kalinya.

"Hanum, tunggu!" Alvin berlari kecil mengejar Hanum yang telah memutar kemudi sepeda.

"Hanum, maafin aku. *Please* .... Aku tak bermaksud menjelek-jelekanmu." Alvin gugup menjelaskan, matanya terlihat kebingungan.

Hanum tak peduli. sepeda perlahan mulai melaju keluar gerbang kampus.

"Hanum, aku beneran minta maaf. Aku enggak ada maksud apa-apa. Aku hanya melihat kamu terlalu sering diam dan marah, itu sebabnya aku cerita kepada Jack." Mata Alvin agak memerah, nampaknya ia begitu takut jika Hanum marah.

Kayuh sepeda Hanum terhenti, membuat Alvin turut berhenti di belakangnya.

"Alvin, jangan memberikan penilaian kepada orang sebelum kamu mengenalnya dengan baik. Terkadang apa yang terlihat kasat mata tak selalu sama dengan kondisi yang sebenarnya."

Alvin mengangguk, dan kembali minta maaf.

"Kamu tak perlu begitu sering meminta maaf padaku, Alvin, aku tidak marah." Hanum kembali menggowes sepeda, tapi Alvin terus saja membuntutinya.

"Aku mau pulang, apa kamu mau ikut denganku?"

Kalimat terakhir Hanum membuat langkah Alvin terhenti.

***

Hujan Petir Duri Ikan

Mendung memulas pekat di langit Metro siang itu, merubah terang menjadi sejuk temaram di sekujur tempat. Tak lama berselang, hujan mengguyur, meluncur dalam rinai yang menggebah debu menimbun permukaan jalan bersama ruap *petrichor*[5] yang semerbak di mana-mana.

Hanum masih berjibaku di balik jendela ruang kelas yang terletak di lantai tiga gedung D kampusnya Tatapnya nanar memandang hujan. Memperhatikan dedaunan yang jatuh diterpa angin, rintik yang luruh lalu menggelincir menuju muasal segalanya. Hanum merasa, hidup manusia seperti itu. Terutama bagi yang tak memiliki arah dalam menapaki pengembaraan di dunia fana ini.

Hanum mengejang. Tangannya erat mencengkeram kursi dengan mata dipejam sekuatnya.

Gelegar petir tadi ternyata tak hanya mengagetkan Hanum. Nyaris seluruh penghuni ruang perkuliahan berseru tertahan. Apalagi ketika selesat larik menyilaukan meluruk pohon kelapa di sawah belakang kampus hingga terbakar, tumbang bersama debum yang menggetarkan nyali.

Hanum mengatur napas, mencoba meredakan degup berlebih di dadanya sebelum turut mengintip peristiwa dari jendela. Ia tak sadar bahwa dari arah belakang, sepasang mata terus mengawasi dirinya dengan begitu lekat.

***

---

[5] Aroma alami yang dihasilkan saat hujan jatuh di tanah kering.

Alvin tak henti mencuri pandang, mencermati diam-diam segala yang diperbuat Hanum. Tatapannya enggan enyah dari sosok gadis manis itu.

"Dasar cewek aneh!" tanpa sadar Alvin bergumam sendiri. Ia geli sendiri melihat Hanum yang ngeri-ngeri penasaran terhadap hujan dan petir. Alvin melihat Hanum mengeluarkan buku bersampul hijau muda dari dalam tasnya saat hujan benar-benar telah bersih dan menyisa hanya rintik.

Dilihatnya Hanum menulis. Entah menulis apa, Alvin tak bisa menduga. Tapi rasa-rasanya, tak mungkin jika gadis itu tengah menyalin pelajaran karena siang ini dosen terlambat datang tersebab hujan.

Apakah dia tengah menulis catatan utang? Alvin termakan banyolan di kepalanya sendiri, tertawa kecil membayangkan Hanum sedang merinci catatan utang seperti yang biasa dilakukan tukang kredit yang selalu bergerilya di jalan desanya.

***

hujan,
kau datang dengan berkah
membawa berjuta manfaat
bagi kehidupan ummat
meski hadirmu kerap dicaci
tak dihargai
bahkan disumpahi
kau tetap berbaik hati ....
hujan,
inginku menjadimu
meski jatuh berkali-kali namun tetap bertahan dan terus kembali
sayang aku tak mampu sepertimu

asaku kerap patah, semangatku
lekas pudar dan langkahku
sering goyah tak tentu arah
Ah, dasar aku ....
hujan, terimakasih, karena telah selalu
menguak pesan paling sejati bagi kehidupan.

Hanum Mawrinza

Hanum menutup buku bersampul hijau muda itu saat dosen yang dinanti akhirnya hadir. Akan tetapi, pikiran Hanum tak pernah lagi mampu untuk beranjak dari hujan.

Ia memang penyuka hujan. Lebih tepatnya penggila hujan karena baginya, hujan adalah realitas paling mistis sekaligus angan paling menawan. Makanya ia tidak suka bila ada yang benci terhadap kehadiran hujan. Meski diakui bahwa ia memang bermasalah dengan kilat dan petir. Entah mengapa, sejak dulu jantungnya berdetak lebih laju setiap kali gelegar hingar itu menjelma di ketinggian. Ia pecinta hujan akut ... yang selalu terteror oleh petir.

***

"Hai, Han." Alvin kembali menyapa Hanum usai kelas berakhir. Langit yang kembali biru berhasil menggoda matahari untuk keluar dari persembunyiannya. Sisa hujan yang masih membayang menambah sejuk pandangan mata. Sungguh pemandangan yang sangat memanjakan jiwa!

"Kamu nulis apa waktu hujan tadi?"

Hanum menjawab hanya dengan senyum. Senyum seulas tipis namun mampu menghangatkan mata yang memandang, membuat Alvin kian tertawan dalam bara penuh rasa.

"Kalau tidak boleh tahu yah enggak papa." Alvin sadar diri, "tapi aku penasaran, kenapa kamu selalu menatap ke luar saat hujan turun?"

"Aku suka hujan."

Kali ini tanya Alvin mendulang jawaban.

"Kamu suka hujan tapi takut pada petir?" Alvin kentara menahan tawa saat melontarkan tanya itu, membuat kening Hanum mengernyit meski matanya terus mencari sisa rinai di dedaunan pohon yang menaungi pelataran kampus.

"Bagaimana kamu bisa suka hujan tapi takut petir? Bukankah mereka selalu datang bersama?"

"Kamu beneran ingin tahu?"

Bukannya menjawab, Hanum malah balik bertanya.

"Alvin, kamu suka ikan, enggak?"

"Ya, segala jenis ikan aku suka," jawab Alvin jujur. *Tapi, apa hubungannya dengan pertanyaanku barusan?*

"Apakah kamu juga suka durinya?" Pandangan Hanum menusuk tepat ke tengah manik mata, membuat Alvin dan tak henti menggaruk kepalanya yang tidak gatal.

"Dikiranya aku kucing, apa, suka sama duri ikan," jawab Alvin dengan bentuk mulut agak manyun, membuat Hanum mau tak mau tersenyum geli.

"Begitulah, Vin. Kamu suka ikan tapi tetap tak suka durinya, kan? Sama sepertiku yang menyukai hujan namun enggan bersikap yang sama terhadap petir."

Alvin menganggguk ragu, mencoba terlihat paham akan penjelasan yang diberikan Hanum. Padahal, sungguh mati otaknya tak bisa mencerna apapun maksud di balik ucapan Hanum barusan.

"Hanum, ayo kita *come on!*"

Panggilan Oca memenggal obrolan yang baru mulai menghangat. Tinggal Alvin tersisa, ditemani pamit dua gadis yang berboncengan lalu melesat meninggalkannya.

***

"Jangan lupa untuk membaca Alquran setiap hari, karena itu dapat menenangkan hati ...."

Wejangan penutup kajian malam ini dari Ustaz Hamdi sukses membuat setiap diri yang hadir melakukan introspeksi. Pukul sembilan tiga puluh malam. Seluruh pelajaran asrama telah usai, semua penghuni asrama kembali ke kamar masing-masing.

Angin malam ini serasa begitu kencang membuat gorden kamar Hanum tak henti menari. Kegelapan di luar jendela terasa semakin sempurna bersama mendung yang menyelimuti permukaan maha luas yang menggantung di semesta itu.

Gawai Hanum bergetar, membuyarkan pandangnya yang tengah menanti hujan luruh.

Hujan, Han

Pesan dari Alvin. Hanum menyibak gorden lebih lebar saat hujan yang dinanti mulai meluruh.

Iya

Singkat Hanum jawab chat dari Alvin, untuk kemudian menaruh gawai dan kembali menikmati hujan yang kian mengertap.

Di tempat yang berbeda, Alvin duduk di teras depan kamar kosnya, juga turut memandangi hujan. Ia coba mencari tahu keindahan dari hujan, dari makhluk cair kecil-kecil yang menjadi favorit Hanum ini.

Alvin sendiri tetap tak mengerti, kenapa ia begitu suka memperhatikan Hanum.

Apa mungkin karena sikapnya yang tak sama dengan kebanyakan mahasiswi teman kuliahnya? Atau, buah kelucuan gadis manis itu saat kaget melihat kilat dan petir? Padahal, apa anehnya kilat dan petir? Hanya fenomena alam biasa yang tak perlu ditakuti. Juga apa hubungannya antara kilat-petir dengan ikan dan duri segala?

Entahlah. Lagi-lagi pikiran Alvin tak bisa menembus lorong panjang yang tersembunyi dalam bilik benak Hanum.

Kilat panjang disusul gemuruh memekakkan telinga di langit membuat Alvin spontan tertawa sendiri. Jack yang kebetulan tengah menginap merasa agak ajaib dengan sikap Alvin malam itu.

Tapi Alvin tengah memasuki dunianya sendiri. Dunia yang sesak dengan ingatan akan kejadian di kampus tentang Hanum yang kaget setiap kali muncul kilat dan petir. Bahkan saat ini, Alvin berani bertaruh bahwa gadis itu mestinya tengah kaget, juga tengah memejamkan mata bersamaan dengan kehadiran petir besar yang baru lalu itu.

Pegangan, Han. Ada ikan bersama durinya.

Lagi-lagi pesan dari Alvin. Hanum hanya membacanya tanpa berniat untuk membalasnya. Kepalanya menggeleng. Sepertinya Alvin sedang meledeknya.

Alvin menggoyangkan gawainya berulang kali, membuka dan menutupnya terus hingga memancing Jack bertanya penuh nada kecurigaan.

"Kau kenapa?"

“Nunggu balesan dari Hanum, tapi enggak dibales-bales.” Tanpa sadar Alvin keceplosan.

“Wah, sejak kapan kau saling berkirim pesan dengan Hanum?” goda Jack, membuat wajah Alvin lebih merah dari kepiting rebus.

“Sejak ... eh, sejak barusan.” Alvin semakin salah tingkah, meninggalkan Jack dengan wajah yang terasa tebal saking malunya.

***

Gerimis Cinta

Baru saja Hanum merebahkan diri di kamar usai mengikuti kajian asrama, ketika sebuah pesan mampir ke gawai miliknya. *Dari Alvin.*

Malem, Han. Udah tidur?

Belum ....

Han, aku ketularan kamu.

Hanum mengernyit. Bingung. Apakah Alvin sedang ingin mecari permasalahan lagi, hingga menganggap dirinya menyebar virus?

Aku jadi ikutan menyukai hujan.

Tanpa sadar Hanum menghembus napas. Lega. Bibirnya seketika membentuk lengkung paling indah yang ia miliki.

Sementara di tempat lain pada waktu yang bersamaan, Alvin terus bergumul dengan segala macam lintasan di kepalanya.

Kenapa aku jadi kepikiran gadis itu terus?

***

Senja terakhir masih bergelayut di kejauhan seakan menanti Hanum untuk tiba di asrama tanpa melanggar waktu.

Peraturan asrama Hanum memang ketat, tak memperbolehkan penghuninya masuk gerbang melewati petang kecuali jika ada izin terlebih dahulu.

"Dari mana aja sih kamu, Han?" Sebuah suara terdengar menegur, membuat Hanum hampir berteriak.

"Kamu ngagetin aku aja, Sa!" ucap Hanum sambil memarkir sepeda. Napasnya penuh sengal buah mengayuh terlalu laju. Nisa sendiri langsung sigap mengunci gerbang, menandakan dirinya cukup lama menunda piket demi menanti Hanum tiba di asrama.

Hanum berlari kecil menyusul Nisa, memeluk sambil tak henti mengucap terima kasih.

"Udah sana cepat mandi."

"Kamu dari mana aja sih, Han?" Keisha membuka obrolan usai jadwal kajian rutin asrama.

"Kampuslah, dari mana lagi?" Hanum balik bertanya. Namun jawaban Nisa terdengar amat meragukan. Ada sesuatu yang disembunyikan oleh Hanum, karena beberapa hari ini gadis manis itu selalu pulang mepet waktu.

Malam, Han. Sudah makan?

Pesan dari Alvin membuat Hanum menutup obrolan. Ia memilih fokus ke gawai, membuat kedua teman sekamarnya saling tatap. Mereka merasa ada yang aneh dengan sikap Hanum. Lebih sering tersenyum sendiri menyanding gawai ketimbang menghabiskan malam mengobrol bersama seperti sebelumnya.

Hanum sudah makan, kalau kakak?

Jemari Hanum lincah menari di atas gawai. Entah bagaimana mulanya, tahu-tahu ia terbiasa memanggil "Kakak" ke Alvin.

Kakak gak bisa tidur.

Kenapa?

Kebayang kamu terus, Han.

Gombal.

Sungguh, Han.

Jeda sesaat. Hanum mencoba meresapi sensasi yang hinggap di hatinya, sebelum akhirnya mengetik pesan penutup.

Kakak tidur, yah. Good night, See you next time.

Hanum mematikan gawai dan bersiap tidur. Bibirnya menyungging senyum membayangkan sore yang dilalui beberapa waktu terakhir. Bersama Alvin, tentu saja. Bersepeda di taman kampus, saling bertukar cerita juga canda hingga membuat dirinya larut dalam tawa bersama Alvin.

Entah mengapa, Hanum merasa begitu gembira saat berada di dekat Alvin. Senyum dengan mudah mengembang. Pun tawa, lebih laju menggelincir ketimbang biasanya. Selalu ada saja dari Alvin yang membuatnya terpingkal-pingkal. Bahkan jantungnya seolah berhenti berdetak saat Alvin menatap dengan pandang yang tak biasa.

Entah perasaan apa namanya, Hanum tak mengerti. Atau ... inikah yang dimaksud dengan rasa itu?

Hanum menyibak selimut, mengambil buku bersampul hijau muda andalannya.

Tatapanmu
Membuatku tak pernah sanggup membalasnya
senyumanmu
menjadikanku selalu rindu itu
suaramu, dan segalamu lainnya
mengapa aku bahagia dengan hadirmu

mengapa kumerasa ada yang hilang saat sehari saja kita tak sua
rasa apakah ini, atau
inikah rasa itu?
rasa yang kucari namun belum pernah kutemui, kecuali bersamamu
Tuhan, aku sungguh tak mengerti
yang ku ingin, hanya satu
semoga rasa ini selalu begini ....

Hanum memejamkan mata. Ia merasa ada yang meluruh di kedalaman relung hatinya. Serupa gerimis yang ... mungkinkah dinamakan cinta, tertuju hanya kepada Alvin?

***

Tak terasa, semester pendek perkuliahannya telah berakhir. Hanum bersorak. Ia rindu ayah dan ibunya, rindu yang begitu tebal.

"Mbak Hanum, ayahmu sudah datang!"

Butuh waktu sembilan puluh menit untuk Hanum dan ayahnya tiba di rumah. Hanum menghambur segenap peluk yang dimiliki ke sosok kecintaan yang menanti di teras. Ibu. Dihujaninya tangan wanita yang melalui rahimnya ia jenguk dunia itu, dengan cium bertubi, seakan dengan cara itu ia ingin menumpahkah segala rindu, yang memang telah menjadi terlalu menggebu.

Melangkah ke dalam rumah menjadikan Hanum terjerumus ke masa lalu. Dihirupnya aroma khas tempat kelahirannya ini dengan penuh haru, hingga ke sudut yang paling terselusup. Langkahnya terhenti kala melewati foto yang tergantung di dinding. Sebentuk rindu merasuki diri bersama kenangan masa kecil. Sejuta perasaan tak henti membaur dalam kelindan kejadian lampau. Bersama teman-teman, ketika dirinya masih duduk dibangku Taman Kanak-Kanak.

"Seindah apapun tempat lain yang telah disinggahi, tetap tak ada yang mampu mengalahkan rumah sebagai tempat paling nyaman. *Baiti jannati. Home sweet home*," lirih Hanum kepada dirinya sendiri, sambil tak henti-hentinya menyerap uap memori yang memancar tak henti-henti dari kamar pribadinya.

Belum lama Hanum menyesap aura nostalgia sambil merebahkan diri di pembaringan, ketika sebuah pesan mendenting di gawai miliknya.

Hanum menepuk jidatnya sendiri. Ia lupa mengirim kabar ke Alvin.

Entah mengapa, tiba-tiba ia merasa ingin bertemu dengan sosok jangkung itu. Padahal, ini baru memasuki hari pertama liburan.

Hanum merasa, hatinya semakin gerimis waktu ke waktu.

***

Di tempat lain pada waktu yang sama, Alvin tengah berada di kamar kosnya bersama Jack, melepas lelah usai perburuan bus untuk acara *tour* kampus.

"Kapan Hanum pulang kira-kira, ya?" Alvin bertanya kepada Jack yang rebahan di samping dirinya.

"Kok tanya sama gue, kenapa enggak lu tanya sendiri langsung ke Hanum?" jawab Jack setengah menggoda. "Jangan-jangan, lu beneran suka sama Hanum, ya?"

Jack menatap Alvin, serius, membuat Alvin salah tingkah dan kelimpungan.

"Ngggg ...enggak tahu. Aku cuma ngerasa bahagia aja kalau deket-deket Hanum." jawab Alvin malu-malu.

"Itu namanya cinta, Alviiiin ...!" Jack tertawa lebar. Ditimpuknya Alvin dengan bantal tepat mendarat di jidat.

"Kalau lu suka sama Hanum, lu kudu ngomong ke dia. Biar enggak disamber orang."

Bukannya terpacu semangatnya, wajah Alvin justru terlihat nelangsa. Benaknya penuh pertanyaan. Bagaimana bila hanya dirinya yang memiliki perasaan itu? Bagaimana bila setelah mengungkapkan perasaannya, Hanum justru berbalik menjauhinya?

"Lu cuma butuh berani dan yakin doang," Jack mencoba memberi suntikan tambahan.

"Terus?"

"Terus apa? Tinggal ungkapin aja perasaan lu ke Hanum pas kita di pantai. Susah amat hidup lu. Gue sendiri berniat melakukannya ke seseorang nanti," ucap Jack, membuat bingung Alvin berbalik menjadi penasaran.

"Siapa?"

"Tunggu aja tanggal mainnya."

***

deru ombak menjadi saksi
atas rasa yang kini terucap
biarlah lajunya cepat sampai ke hati
agar mampu kutampung dengan perahu kertas buatan jiwaku.

Hanum Mawrinza.

Acara tour akhirnya tiba. Hanum yang memang tak ingin absen dari kegiatan itu telah kembali ke asrama.

"Han, mana Fitri?" Alvin memulai obrolan sambil menanti bus pariwisata yang mereka sewa tiba.

"Enggak ikut," ucap Hanum, "katanya dia takut pantai."

"Woi ....! Udah pada datang dari tadi, ya?" berondong Jack yang baru sampai.

"Belum lama, Kak Jack. Sekitar lima belas menitan," jawab Hanum, berbarengan dengan riuh suara teman-teman menyambut kedatangan bus.

Butuh waktu hampir dua jam hingga bus mencapai destinasi yang dituju. Pantai Klara tak terlalu ramai pengunjung, menunjukkan ketepatan waktu keberangkatan yang menghindari akhir pekan, membuat salah satu obyek wisata Kota Lampung ini seakan milik rombongan mereka saja.

"Han ...." Alvin memanggil. Lembut, membuat Hanum yang tengah menikmati deru ombak mau tak mau mengalihkan pandangan ke Alvin.

"Bisakah kita ke sana?" Ditunjuknya pantai yang agak tengah.

Hanum menggelengkan kepala.

"Jangan takut, ikutlah denganku sebentar saja." Suara Alvin penuh nada permohonan

"Aku tak bisa berenang, Kak."

"Tak usah khawatir, Aku akan menjagamu dengan sepenuh hatiku." Suara Alvin terdengar mantap. Tapi Hanum justru tertawa kecil mendengarnya.

"Sejak kapan Kak Alvin jadi suka gombal begini?" goda Hanum masih dalam tawa.

"Aku serius, Han. Ada hal penting yang ingin kakak ucapkan ke kamu."

"Tentang apa, Kak?"

Alvin yang tak sabar langsung menarik tangan Hanum, membuat jantung gadis itu berdetak lebih lekas.

Tiba di tempat yang dituju, Alvin tetap tak mau melepas genggamannya di tangan Hanum, bahkan menambahi dengan memegang yang satunya lagi.

"Han, boleh kakak ngomong sesuatu sama kamu?" Suara Alvin terdengar agak gugup.

"Ini kakak udah ngomong, kan?" Hanum masih bercanda, mencoba menetralisir sesuatu entah apa yang tak henti menggeliat di dada.

"Seriusan dulu, Haaannn ...!"

"Ngomong apa, Kak?" ucap Hanum lirih, yang malah membuat Alvin bertambah grogi.

"Mmmm .... Han, sebenarnya .... Mmmm." Mulut Alvin makin terkunci. Semua kalimat yang yang dirangkainya bersama Jack menguap.

"Sebenarnya apa, Kak?" Hanum penasaran.

"Han, Ja-jadi ... sebenarnya ...." Alvin masih terus berusaha melanjutkan perkataannya dengan sebisa mungkin.

"Woi ...! Kalian ayo sini naik perahu, kita berlayar di pantai cinta!"

Teriakan Jack langsung membuat sisa kata yang masih diingat oleh Alvin buyar, langsung raib secara amat gaib.

"Dasar Jack mengganggu aja sih!" Alvin misuh-misuh, membuat Jack terbahak-bahak sebelum akhirnya mendayung kembali perahu kecil yang ia sewa dari penunggu pantai.

Yang menarik, Jack tidak sendiri. Ada sosok cantik duduk di belakang Jack, mendayung bersama-sama dengan penuh kemesraan.

"Itukah gadis yang Jack maksud?" gumam Alvin, membuat Hanum semakin tidak mengerti apa yang sebenarnya terjadi.

"Kak, sebenarnya mau ngomong apa, sih?"

"Mmmm ... Han, kakak boleh jujur, enggak?" Mata Alvin kembali menatap Hanum. Kali ini jauh lebih lembut, membuat Hanum merasa jantungnya nyaris copot karena berdegup terlalu cepat.

"Te-tentu ...."

"Sejujurnya, kakak punya perasaan lebih ke kamu, Han." Alvin menelan ludah, antara lega dan takut.

"Perasaan apa maksud kakak?" Hanum coba memperjelas, meski sebenarnya ia mulai bisa meraba arah ucapan Alvin.

"Han, Kakak mencintaimu ...."

Alvin memejamkan mata, ia tak berani melihat ekspresi Hanum.

"Kakak serius?" Hanum menanggapi dengan suara yang terdengar samar. Tapi anehnya, Alvin mendengar. Sosok jangkung itu mengangguk, meski tetap memejamkan mata.

Senyap.

Alvin tak mendengar apapun selain debur ombak ditingkahi sepoi angin laut.

Penasaran, Alvin membuka mata. Namun pemandangan yang terpampang di hadapannya membuat hatinya langsung leleh.

Dilihatnya Hanum tersenyum. Manis. Jauh berlipat ribuan kali manisnya dari senyum Hanum selama ini.

"Aku juga, Kak …."

Jawaban Hanum serupa mantra bagi Alvin. Penuh keajaiban. Ia merasa jiwanya melayang, jauh menembus awan, berkejaran dengan camar di kejauhan yang sesekali menukik ke laut, berselancar di gemuruh ombak serta turut mendesau bersama hiruk-pikuk udara yang bergerak di sepanjang Pantai Klara.

"Kak …." Suara Hanum menyadarkan Alvin dari ekstase jiwa yang dirasakannya.

"Eh, iya, Han. Gimana, ada apa, sampai di mana?"

Mau tak mau Hanum terkikik kecil melihat tingkah lucu sosok jangkung di depannya itu, sebelum akhirnya kembali bertanya.

"Sejak kapan kakak memiliki perasaan itu kepadaku?"

"Sejak Alvin membuatkan pempek spesial untukmu!" Tahu-tahu malah Jack yang menjawab. Kali ini ia mendayung perahu seorang diri.

"Kak Jack? Sejak kapan kakak di situ?"

"Sejak tadi. Aku udah tau semuanya, kamu enggak usah malu." Jack terkekeh sambil melempar dayung yang ia pegang ke tangan Alvin. Refleks Alvin menangkap dayung tersebut.

"Ajak pujaan hatimu itu berlayar," ucap Jack, yang langsung turun dari perahu dan memilih untuk berenang ke tepi pantai.

"Han, Jack memang sudah tahu semuanya sejak awal. Bahkan bisa dibilang, dia yang mendukung kakak untuk mengungkapkan perasaan ke kamu."

"Tapi aku malu, Kak." Hanum menutup wajahnya dengan dua tangan, membuat Alvin gantian merasa lucu sendiri.

"Hai kekasihku, tak usah kamu malu sebab lambat laun dunia juga akan tahu tentang kita ...!" Alvin sengaja agak mengeraskan suaranya bermaksud menggoda Hanum.

Buru-buru Hanum mendekap mulut Alvin sambil mendelik dan belingsatan menengok sekeliling.

"Panggil aku Han aja kayak biasanya, jangan kekasihku. Gelay, tahu!"

"Han, kekasihku ...." Alvin sengaja menggoda Hanum.

"Kakak!"

"Iya, Han, cuma bercanda."

Perahu mereka dayung bersama, larut, menuju senja yang menyajikan panorama terindah, seakan turut merayakan hari jadi mereka.

***

Terbakar Api Cemburu

Setelah kejadian pengungkapan perasaan Alvin di Pantai Klara, Hanum memperoleh pemahaman baru mengenai waktu. Ia merasa, hari-hari yang dilalui bersama Alvin membuat waktu berubah. Tak lagi berjalan secara linear. Bahkan terasa seperti berlari begitu lekas. Tahu-tahu libur akhir semester telah menjelang, bertepatan dengan perayaan lebaran.

Agak jauh dari asrama Hanum, Alvin telah menunggu dengan sepedanya. Mereka memang telah membuat janji akan pergi ke Car Free Day di taman kota pagi ini.

Kedua sejoli itu tak bisa menyembunyikan bahagia yang dirasakan. Raut keduanya sumringah. Nyaris sepanjang perjalanan terisi saling lirik, dengan senyum yang enggan hilang dari wajah keduanya.

"Kau lapar, Sayong?" tanya Alvin ke Hanum usai berkeliling dan mengikuti lomba egrang yang penuh kelucuan.

"Sayong?" Hanum menatap bingung, "apa itu Sayong?"

"Sayong is sayang," bisik Alvin lirih di telinga Hanum, membuat Hanum refleks memukul lengan Alvin.

Tapi sebelum Hanum melancarkan protes, Alvin buru-buru memesan sarapan.

"Bang, siomainya dua porsi, ya."

Dengan kecepatan luar biasa, dua porsi siomai lengkap dengan sayuran dan telur rebus telah siap untuk disantap.

Sambil mengunyah siomai, diam-diam Alvin berdoa pada Tuhan agar kelak ia bisa selalu menghabiskan setiap paginya dengan sarapan bersama Hanum. Juga bersama buah buah cinta dari Hanum dan dirinya.

"Kamu jadi pulang minggu ini, Yong?"

***

Hai, Sayong, dah sampe rumah?

Hanum tersenyum manis membaca pesan itu. Pesan yang tak ubahnya mantra sihir hingga mampu membuat lelah dirinya langsung musnah buah perjalanan yang agak menjengkelkan sebab musim menyulap rute menuju arah rumahnya menjadi tak ubahnya kolam ikan lele. Kubangan air di sepanjang jalan!

Iya, Kak. Hanum udah sampe rumah.

"Mbak Hanum, ada Mas Syarif di depan."

Ucapan Ibu dari luar kamar membuat Hanum menghentikan aktivitasnya dari bermain gawai.

"Iya, Bu."

"Dari mana tau kalo aku pulang?" tanya Hanum ke teman masa kecilnya itu.

Syarif tak menjawab, hanya tersenyum simpul.

Tapi Hanum memang tak benar-benar membutuhkan jawaban. Ia siapkan sandal untuk dikenakan.

"Mau kemana?" bingung Syarif melihat Hanum sudah memakai sandal dan menuju motor miliknya.

"Kamu mau ajak aku beli bakso, kan?" jawab Hanum sambil tertawa kecil, membuat Syarif menggelengkan kepala dan tak habis pikir kenapa Hanum bisa menebaknya? Masak, iya, gadis yang ia kagumi ini bisa membaca pikiran?

***

Hanum menikmati masa liburannya dengan penuh kebahagiaan. Sesekali ia ikut ayahnya sekadar membantu bercocok tanam, dengan sore hari ia habiskan bercengkerama bersama ibu dan adiknya di dapur, membuat camilan entah apa pun sebagai teman santai sehabis magrib di ruang televisi.

Nun di tempat yang berbeda, Alvin juga tengah menghabiskan liburan bersama keluarganya. Berjibaku menyiapkan ini dan itu yang berhubungan dengan dunia per-pempek-an sebab keluarga besarnya memang pengusaha nomor wahid akan penganan khas itu di daerahnya, yang tentu saja selalu kelebihan order hingga amat menumpuk.

Tapi liburan kali ini sepertinya menjadi pengalaman yang berbeda bagi Alvin. Dirinya dimintai tolong oleh sang paman untuk membantu memasang listrik di desa-desa yang belum terambah 'dunia terang' itu.

Sore itu juga Alvin berniat mengabari Hanum, bahwa besok ia akan mulai bekerja di wilayah yang diperkirakan susah sinyal. Berkali-kali dicobanya menghubungi Hanum, namun tak juga diangkat. Alvin mulai resah, tak biasanya Hanum mengabaikannya.

"Hanum, aku mau ngomong sesuatu sama kamu." Tahu-tahu Syarif membuka percakapan serius.

"Apa?" Hanum masih menjawab dengan santai. Syarif adalah temannya sejak kecil, membuatnya tak pernah merasa canggung untuk berbicara nyaris tentang apapun bersamanya. Kecuali tentang urusan kewanitaan, tentu saja!

"Ehem ... kamu udah punya pacar belum?"

Tanya Syarif seketika menghentikan mulut Hanum yang tengah berjuang menggilas sedapnya bakso langganan.

"Kepooo ...!" Hanum terkekeh, sebelum akhirnya melanjutkan menikmati porsi kegemarannya itu.

Syarif menelan ludah. Mengatur napas. Mencoba bersikap biasa meski hatinya sedang tak biasa-biasa saja. Ada debar yang bergemuruh di dalam sana.

Diam-diam, Syarif tak hanya mengagumi Hanum, melainkan juga mencintai sahabat masa kecilnya tersebut. Tentu saja tanpa sepengetahuan Hanum!

Hanum telah menandaskan bakso di mangkuk. Tangannya meraih tisu dalam tas kecil yang ia bawa ketika matanya tertumbuk ke layar gawai yang terus berkedip. Panggilan dari Alvin!

Hatinya mencelos. Ia lupa mengaktifkan nada dering!

Belum sempat Hanum memencet tombol penjawab panggilan, dering telah berhenti.

Hanum semakin panik saat dilihatnya ada duapuluh lima panggilan tak terjawab. Hatinya gelisah, khawatir ada sesuatu yang penting ingin dikabarkan Alvin kepada dirinya.

Syarif yang melihat perubahan mendadak dari perilaku Hanum mencoba bertanya.

"Eh, mmm ... enggak papa kok."

Mendadak nada dering di gawai Hanum meraung.

"Hallo ...."

"Ke mana aja sih, Yong?"

"Maaf, Kak, aku lagi keluar makan sama Syarif. Tadi lupa enggak ngaktifin nada deringnya, jadi enggak tau kalau Kakak menelepon."

"Syarif .... Siapa Syarif?"

"Oh, iya, lupa. Syarif temenku, Kak. Temen dari kecil. Rumahnya enggak jauh juga kok dari tempatku."

Suara Alvin tak terdengar. Hening cukup lama juga sebelum akhirnya kembali bersuara.

"Yaudah nanti malam aja kakak telepon kamu lagi, ada yang ingin kakak sampaikan. *Bye* Sayongku ...."

Belum sempat Hanum menjawab ketika suara di seberang gawai telah sunyi.

Hanum gelisah.

Perasaan yang sama juga menerpa Syarif.

Siapa yang menghubungi Hanum barusan? Apakah aku telah terlambat?

***

Alvin mulai bekerja membantu pamannya. Namun perasaannya tak tenang, ada yang terasa mengganjal di salah satu sudut dalam hatinya.

Entah mengapa, saat mendengar Hanum sedang bersama Syarif—*entah siapapun dia itu*—Alvin jadi uring-uringan sendiri. Bisa saja Syarif memang teman Hanum. Tapi hati kecilnya bersikukuh bahwa laki-laki yang bernama Syarif—*entah siapa itu*—pastilah memiliki perasaan lebih kepada Hanum!

"Kerjanya yang fokus, Vin!" teriak laki-laki tiga puluh tahunan mengingatkan.

"Iya, Paman."

***

Tiada pesta yang tak akan berakhir. Begitu pula dengan libur panjang yang dilalui Hanum di rumah orang tuanya. Meski kangen yang dimilikinya masih menggunung, Hanum tetap harus melanjutkan perjalanan hidupnya menuju masa depan. *The show must go on!*

Hanum sudah duduk manis di ruang laboratorium. Hari ini ada jadwal praktikum pagi, membuatnya mau tak mau datang lebih awal dari biasanya.

"Hanum, siapa Syarif?" Tahu-tahu Jack muncul dan bertanya tanpa basa-basi.

"Syarif?" Hanum sedikit bingung karena ia merasa tak pernah memperkenalkan Syarif. Juga seingatnya, ia tak pernah bercerita tentang teman masa kecilnya itu ke siapapun teman kampusnya, termasuk ke Oca dan Jack. Lantas, dari mana Jack tahu tentang Syarif?

"Iya, Syarif. Siapa dia?" Jack mengulang pertanyaannya.

"Dia teman Hanum dari kecil, Kak Jack. Ada apa?" Hanum menjawab masih dengan perasaan bingung.

"Yakin hanya teman kecil?" tanya Jack terasa makin tendensius.

"Iya. Dia hanya temanku. Rumahnya juga berdekatan dengan tempat tinggalku di desa. Memangnya ada apa, Kak Jack?" Hanum merasa ada yang ganjil dari cara bertanya Jack.

Bukannya menjawab, Jack malah menghela napas.

"Aku percaya kamu, Hanum. Tapi baiknya kamu jelaskan ke Alvin, sepertinya dia salah paham tentang Syarif," ucap Jack sebelum akhirnya pergi mengambil beberapa alat karena praktikum akan segera dimulai.

Sepeninggal Jack, bingung Hanum kian merimbun. Apa yang terjadi? Kenapa Alvin berfikiran yang tidak-tidak mengenai Syarif?

Ingin rasanya ia segera menemui Alvin untuk bertanya langsung, tapi ia tak melihat Alvin di ruang laboratorium.

Kemana Alvin? Apa dia sakit?

Biasanya, jika Alvin tidak berangkat kuliah ia akan mengabari dirinya. Tapi kenapa pagi ini tidak?

Hanum gelisah, membuat dirinya tak bisa fokus melakukan praktikum.

Ketika akhirnya praktikum selesai, Hanum segera menghubungi Alvin. Diteleponnya nomor kesayangan itu berkali-kali, namun yang ada hanya dering panjang berkali-kali tanpa ada yang mengangkatnya.

Ada apa dengan Alvin?

***

Ambruk

"Kakak kenapa enggak jawab teleponku?" tanya Hanum blak-blakan ketika akhirnya berhasil menjejeri Alvin di koridor kampus.

Tapi bukannya menjawab, Alvin justru membuang muka.

"Kak, kenapa?" Hanum nekat menghadang jalan Alvin. Digenggamnya tangan cowok jangkung itu dengan erat.

"Kenapa apanya?" Alvin mencoba berkilah, terus berusaha menghindari Hanum.

"Kakak marah karena Syarif?" Wajah Hanun memanas. Mulai ada yang menggenang perlahan di kelopak matanya.

Tetap saja kesedihan Hanum membentur tembok.

"Setidaknya, Kakak jelaskan ke aku ... kenapa ... ada apa ...."

Alvin berbalik. Tatapnya semerah bara, kentara mati-matian menahan marah.

"Kamu udah berbohong, Han ...."

"Ini hanya salah paham, Kak. Dia cuma teman kecilku, dia han—"

Belum usai kalimat Hanum ketika Alvin membeberkan beberapa lembar foto yang membuat Hanum bergidik. *Bagaimana bisa foto dirinya bersanding Syarif ada di tangan Alvin?*

"Aku tak suka dengan semua sandiwaramu, Han. Ternyata kau tega membohongi diriku," bentak Alvin.

Hanum terperangah. Belum pernah seumur hidup ada yang membentak dirinya. Yang paling membuat terpukul, pembentaknya justru Alvin, sosok yang katanya menyayanginya.

Tanpa terasa, dua butir bintang meluruh dari mata Hanum.

"Kakak beneran enggak percaya sama aku?"

Tanpa menunggu jawaban, Hanum berlari. Hatinya pedih tak terkira.

***

Di kamar kosnya, Alvin termangu. Ia merasa bersalah, merasa sikapnya terlampau kasar ke Hanum.

Bagaimana bila semua ternyata tidak benar, hanya cemburu buta hatinya semata?

Ia merasa dirinya begitu jahat, membuat Hanum terluka dan meneteskan air mata.

Rasa bersalah kian hebat berkecamuk ketika sebuah kabar datang melalui Oca. Hanum masuk rumah sakit!

Lima belas menit berlalu untuk Alvin tiba di ruang perawatan tempat Hanum menginap. Ada pilu yang membuncah saat dilihatnya Hanum terkapar. Sejahat inikah dirinya?

"Han ...." Alvin berbisik sayup di telinga Hanum.

Pada bisikan yang ketiga kali barulah mata Hanum membuka.

"Kak, ma ... afin Hanum. Syarif hanya teman masa kecil. Syarif buk—"

Alvin nyaris menangis. Alangkah bodoh dirinya! Bahkan dalam kondisi yang sedemikian ambruk seperti inipun Hanum masih terus kukuh menjelaskan, memberi tahu bahwa dirinyalah sosok yang paling disayangi oleh gadis itu.

Kurang apa lagi? Alvin merasa benar-benar ingin menghajar dirinya sendiri saking merasa dungu.

"Aku akan menjelaskannya pada kakak ...."

Hanum masih terus berusaha berkata-kata meski dengan suara amat lemah, membuat pupil Alvin semakin memburam.

"Sya-Syarif cu—"

Alvin menggelengkan kepalanya kuat-kuat.

"Kakak ... masih tetap tak ... percaya?"

"Aku yang bodoh, Han. Maafkan aku."

***

Kabar Mengejutkan

"Terimakasih sudah menjagaku." ucap Hanum lirih.

"Oca teman yang baik, Han." Alvin tersenyum hangat.

Hanum mengangguk. Oca yang pertama kali menemukan dirinya pingsan ketika tak sengaja mampir ke asramanya. Menurut diagnosa dokter, asam lambung Hanum naik. Hal itu diperparah dengan tensi darah amat rendah hingga menjadikan tubuhnya drop.

"Tetap tak mengurangi terima kasih Hanum ke Kak Alvin."

"Jika diizinkan, aku ingin menjagamu sepanjang hidupku, Han" Alvin mengusap kepala Hanum, sebelum akhirnya berlalu.

Aku mengizinkannya, Kak, batin Hanum mengiringi berlalunya Alvin dengan tatapan sejuta rasa.

terima kasih, Cinta
hadirmu membuat ragaku utuh
mengubah hatiku yang sendu menjadi bertabur rindu,
terimakasih, Cinta
atas segala yang kau beri
atas setiap jengkal kisah yang kau ukir di hati
sungguh membuatku semakin berarti

Hanum kembali menuangkan perasaannya ke dalam buku harian bersampul hijau muda miliknya. Entah mengapa, ia begitu terkesan dengan sikap Alvin selama dirinya sakit. Ia percaya Alvin melakukan semua dengan perasaan cinta, membuat dirinya terus jatuh cinta, lagi dan lagi. Meski harus diakui, karena Alvin pula sebenarnya ia sampai drop seperti ini.

Hanum kembali menelusuri jejak ingatan sebelum dirinya sakit, termasuk tentang foto Syarif dengan dirinya yang dipegang Alvin yang membuatnya tak habis mengerti hingga detik ini.

Tak ada yang terlewat. Semua tetap membingungkan, membuatnya mengambil keputusan untuk menghubungi Syarif secara langsung untuk memperjelas semuanya.

"Hallo ...." Hanum memulai percakapan setelah terdengar suara khas bersambungnya telepon di seberang sana.

"Tumben telepon. Ada apa, Hanum?"

Suara Syarif yang terdengar biasa membuat Hanum ragu. Haruskah ia melanjutkan percakapan, atau justru lebih baik mengakhirinya?

Menimbang-nimbang sejenak, akhirnya Hanum membulatkan keputusan.

"Apa kamu yang mengirim foto kita berdua pada Alvin?"

Hanum tak memperoleh jawaban. Hanya hela napas terdengar agak berat dari seberang sana. Hela napas Syarif.

"Jadi ... benar kamu yang mengirimkannya?"

"Maafkan aku, Hanum ...."

"Tapi, kenapa, Rif? Untuk apa? Apa salahku?" cecar Hanum.

"Karena aku cinta sama kamu ...."

Ucapan Syarif membuat Hanum terperangah. Gawai yang digenggamnya bahkan nyaris terjatuh saking tak menyangka. *Syarif? Mencintai aku?*

Hening beberapa waktu, sebelum akhirnya Hanum kembali bicara.

"Aku tak pernah menganggap kamu lebih dari sekadar teman, Rif, maafkan aku."

Jeda lagi. Hening lagi. Sunyi yang mencoba abadi bersama sambungan telepon yang ditutup sepihak oleh Syarif.

Hanum menghela napas panjang. Batinnya terasa bertambah lelah. Ia tak menyangka akan mengalami masa serumit ini dalam kehidupan yang dijalaninya.

***

Sepulangnya dari menjenguk Hanum, Alvin banyak merenung. Dirinya kini percaya bahwa Hanum memang benar-benar mencintainya. Ia merasa bodoh karena telah berhasil dihasut oleh—*entah siapa pun*—yang telah sengaja mengirim foto-foto itu kepada dirinya. Tapi, tak pantaskah dirinya terbakar kecemburuan, ketika menyaksikan gadis yang disayanginya berdua-dua dengan lelaki lain?

Setidaknya kini ia mengerti bahwa ada yang tengah mencoba untuk merusak kebersamaannya dengan Hanum. Dan ia tak membiarkan hal itu terjadi. Harus diselidiki olehnya. Tapi, bagaimana caranya?

Baru saja kebingungan menerpa ketika gawainya menjerit memainkan nada khas. Nomor tak dikenal.

"Halo ...."

Alvin sengaja tak bersuara menunggu pihak sana yang mengawali.

"Halo ...."

Suara lelaki, dan ia tak mengenalnya.

Baru saja Alvin hendak memutus sambungan telepon ketika suara itu berbicara lagi.

"Dengan Alvin? Ini aku, Syarif."

Deg. Syarif!

"Aku tahu kamu mendengar telepon ini. Aku tunggu besok di Taman Kota Metro."

Klik.

***

Hujan mengguyur Kota Metro pagi ini, membuat siapa pun enggan untuk keluar peraduannya yang nyaman. Tapi hal itu tidak berlaku bagi Alvin. Ia sudah menerobos dingin cair itu sejak mula pagi menjelang.

Dengan payung berwarna hitam di genggam tangan, Alvin mencoba mencari yang semalam mengajaknya bertemu. Matanya nyalang meneliti sekeliling, namun yang dicari sepertinya belum tiba.

"Alvin?" Sebuah tanya menyeruak mendadak dari belakang Alvin, membuat dirinya agak terjingkat sebelum cepat-cepat membalikkan tubuh.

"Kau Syarif?" tanya Alvin menatap tajam sosok yang barusan memanggilnya itu. Wajah di depannya ini memang sama dengan yang di foto bersama Hanum.

Syarif mengangguk.

"Alvin, maafkan aku." Syarif membuka percakapan secara *to the point.*

"Untuk?"

"Sebenarnya aku dan Hanum tak ada hubungan spesial. Kami hanya berteman, teman sejak kecil. Maafkan aku yang sudah mengganggu hubungan kalian." Syarif mencoba menjelaskan kepada Alvin kejadian yang sebenarnya.

Raut wajah Alvin mengeras.

"Kau tahu, gara-gara ulahmu Hanum sampai masuk rumah sakit!" geram Alvin. Kebencian menyorot dari pusat matanya.

"Maaf," ucap Syarif penuh penyesalan.

"Andai maaf kamu bisa membalikkan keadaan," sinis Alvin.

"Aku tahu, aku juga tak menginginkan Hanumku menderita."

"Dia Hanumku!" sergah Alvin berang. "Tak seharusnya kau sebut dia Hanummu!"

"Maaf ...."

"Berhentilah meminta maaf kepadaku, Rif. Jelaskan saja kenapa kau tega melakukan ini pada Hanum yang kau sebut sahabatmu itu? Apa begini cara menghargai persahabatan?" Emosi Alvin memuncak. Kedua tangannya mengepal, siap meledakkan satu-dua kemarahan.

Namun Syarif tetap tak terpancing, bahkan terlihat semakin tenang.

"Aku sangat mencintai Hanum, sejak kecil kami selalu bersama. Dia adalah cinta pertamaku, tak ada wanita lain yang kusebut dalam setiap doaku selain dia," jelas Syarif, membuat Alvin mendengus kasar.

"Lalu apa yang kau inginkan sekarang? Apa tujuanmu mengajak bertemu?"

"Aku cuma ingin bilang bahwa aku akan ke Korea, bekerja. Aku sadar Hanum tak pernah mencintaiku, dia hanya mencintaimu. Jaga dia, jangan membuatnya bersedih." Suara Syarif semakin lama semakin pelan.

"Aku akan selalu menjaga Hanum tanpa kau pinta, karena itu memang tugasku!" tegas Alvin seraya berlalu.

Dengan langkai gontai Syarif turut meninggalkan Taman Kota Metro. Ia melirik jam di pergelangan, masih cukup waktu bagi dirinya memenuhi janji konsultasi dengan dokter onkolog[6] pagi ini.

***

[6] Dokter yang mendalami ilmu kedokteran onkologi, cabang ilmu kedokteran yang berfokus pada penyakit kanker.

Badai Kembali Tersemai

"Kamu dari mana saja, Nak?" Tante Wulan tak mampu menahan kekhawatiran saat Syarif tiba.

"Cari angin, Ma," jawab Syarif singkat, sebelum keduanya menuju bagian onkologi di rumah sakit itu.

Tanpa sadar Syarif mendesah. Ia telah berbohong pada Alvin pagi tadi. Kanker otak yang di deritanya satu tahun belakangan ini semakin parah, mengharuskan dirinya menjalani kemoterapi sebagai satu-satunya jalan keluar.

"Kamu habis menemui Hanum?" tanya Wulan sambil menunggu giliran.

Syarif menggeleng. Matanya memejam, membuat Tante Wulan tahu jika anak kesayangannya itu sedang tidak baik-baik saja.

"Tapi kamu sudah bicara padanya, kan?"

Syarif kembali menggelengkan kepala.

"Kenapa?"

"Syarif enggak mau nyakitin Hanum, Ma."

Tante Wulan menghela napas, memeluk Syarif, berharap dengan cara itu dapat menenangkan hati dan pikiran anaknya sekaligus dirinya sendiri.

***

Melihat Syarif menahan kesakitan atas kemoterapi yang sedang dijalaninya membuat Tante Wulan tak kuasa. Ia merasa Syarif masih terlalu muda, masih begitu banyak hal yang harusnya ia raih dan jalani dalam hidupnya. Tanpa sadar Tante Wulan menyeka air mata yang leleh di pipi.

Dirinya kembali teringat Hanum. Harapannya kembali mencuat. Ia yakin kehadiran gadis itu bisa membangkitkan semangat Syarif untuk sembuh.

"Assalamualaikum, Nak Hanum ...."

"Waalaikumussalam, Tante Wulan? Tumben, ada apa?"

"Nak Hanum bisa ketemuan sebentar? Kebetulan Tante lagi ada di Metro ...."

"Iya, Tante. Bisa. Tante WA alamatnya aja, biar Hanum segera ke sana."

Tak lama berselang pesan dari Tante Wulan masuk. Tapi alamat yang diberikan oleh Tante Wulan membuat Hanum terkejut.

Alamat rumah sakit? Siapa yang dirawat?

Hanum bergegas menunaikan salat zuhur karena ia menduga Tante Wulan langsung menanti kedatangannya.

Dugaan Hanum tak keliru. Tante Wulan sudah menanti di lobi rumah sakit dengan wajah seperti memendam kesedihan mendalam.

"Tante, ada apa? Siapa yang sakit?" cemas Hanum.

"Tante?" Hanum kembali bertanya kepada Tante Wulan yang masih belum mau menjawab.

Bukannya menjawab, Tante Wulan malah menggandeng dirinya.

Ruang kemoterapi?

Hanum menutup mulut saat melihat siapa yang ada di dalam ruang kemoterapi tersebut. Ia merasa *shock* dan tak bisa percaya dengan kenyataan yang kini terpampang di hadapannya.

"Syarif kenapa, Tante?" Mata Hanum gelisah.

"Dia terkena kanker otak." Suara Tante Wulan terdengar penuh kesakitan saat mengucapkannya.

"Apa? Tante Wulan bohong, kan?" Kali ini air mata sudah mengalir di pipi Hanum.

Tante Wulan menggelengkan kepalanya. Sambil menahan isak diterangkannya kepada Hanum perihal sakit yang di derita Syarif satu tahun belakangan ini.

Hanum menangis. Ia tak menduga kondisi Syarif bisa separah itu. Syarif tak pernah bercerita kepadanya. Padahal, belum lama mereka habiskan liburan bersama-sama.

***

Hari ini kampus Hanum libur karena sedang diselenggarakan acara wisuda. Namun hal itu tak berlaku bagi Hanum, Alvin serta beberapa kawan lainnya, karena mereka harus menjalankan Proker HMJ untuk berjualan pernak-pernik wisuda.

Kali ini Hanum berjalan kaki dari asramanya sebab jalan menuju kampus dipadati kendaraan milik keluarga yang diwisuda. Juga kerumunan pedagang mulai dari penjaja makanan ringan, minuman dingin, rangkaian bunga asli dan sintetis hingga tukang foto yang menjamur dengan studio kecil mereka yang merembet di dinding pagar kampus.

Tengah asyik berjalan ketika tahu-tahu tangan Hanum ditarik oleh laki-laki dari belakang sebuah mobil yang sedang terparkir, membuat dirinya nyaris berteriak.

"Kak Alvin ngagetin aja." kesal Hanum.

Alvin hanya tersenyum sambil menyodorkan sepucuk mawar merah yang indah.

"Apa ini?" tanya Hanum polos.

"Hmmm .... Udah tahu bunga, malahan masih nanya!" sungut Alvin pura-pura marah.

"Buat aku, Kak?" Hanum tertawa geli sambil terus menggoda.

"Iyaaaa sayongkuuuu ...!" gemas Alvin sambil mencubit hidung mungil Hanum.

Hari itu, bukan hanya para wisudawan saja yang berbahagia lantaran telah usai melaksanakan tugas belajarnya, melainkan juga Hanum. Gadis manis itu begitu bahagia mendapat setangkai mawar merah dari Alvin, untuk yang pertama kalinya. Senyum manis terus mengembang di wajahnya. Ia sungguh tak bisa menyembunyikan kebahagiaan yang tengah dirasakannya hingga acara wisuda di kampusnya berakhir.

Di tempat lain, Syarif masih terduduk lemas di bangsal rumah sakit ditemani mamanya.

"Kenapa Mama menceritakan ini semua pada Hanum?"

"Maaf, Nak. Tapi ..."

"Syarif tak ingin belas kasihan dari Hanum, Ma," ucap Syarif lirih namun masih terdengar oleh sosok yang kini berdiri di pintu ruangan.

"Assalamualaikum," Hanum mengucapkan salam saat memasuki ruangan, membuat Tante Wulan dan Syarif agak terkejut. Rupanya usai acara wisuda di kampus, Hanum tak langsung pulang ke asrama, melainkan memilih pergi ke rumah sakit untuk menjenguk Syarif. Ia sengaja tak bercerita kepada Alvin karena khawatir menimbulkan salah paham.

"Waalaikumussalam. Masuk sini, Nak Hanum." Wulan menyambut hangat.

"Maksud kamu apa hingga Tante tak boleh cerita kepadaku, Syarif?" Hanum langsung protes atas kalimat yang didengarnya di depan pintu barusan, membuat Syarif agak tersipu. Tante Wulan sendiri tertawa kecil melihat anak kesayangannya digoda oleh Hanum.

Percakapan berlanjut seputar perkembangan kesehatan Syarif, yang tentu saja diselingi canda juga derai tawa di antara mereka bertiga.

Andai selalu seperti ini setiap waktu, batin Tante Wulan pilu, teringat gelagat anaknya yang menolak untuk lebih dekat terhadap Hanum.

***

Menjelang senja, Hanum pulang dari rumah sakit. Sepanjang perjalanan Hanum terus gelisah. Ia sangat mengkhawatirkan keadaan Syarif. Meskipun pernah melakukan perbuatan yang merugikan hubungannya dengan Alvin, namun bagaimanapun juga, Syarif tetap sahabatnya. Sahabat sejak masa kecilnya, yang pernah selalu ada ketika Hanum membutuhkan bantuan.

Dua kelok lagi menuju asrama ketika Hanum melihat ada seseorang yang menanti di kejauhan. Alvin!

"Kamu habis menemui Syarif?"

Hanum menggigit bibir. Tapi ia bertekad untuk tak pernah berbohong dalam hubungannya dengan Alvin.

"Syarif sakit, Kak," ucap Hanum lirih.

"Aku tidak percaya." Nada suara Alvin sedikit meninggi.

"Kenapa, Kak? Syarif beneran sakit, aku ...."

"Aku tidak percaya dengan laki-laki itu, Han. Dia sudah bilang padaku akan pergi ke luar negeri untuk bekerja, tapi nyatanya, apa? Dia masih tetap di sini, kan? Dan kamu? Kamu pergi menemui dia tanpa aku tahu!" Suara Alvin bagai mitraliur dan tak memberi Hanum kesempatan untuk menjelaskan sedikit pun.

"Maaf, Kak."

Suara Hanum parau. Matanya mengembun. Ia tak tahu keadaan akan menjadi serancu ini. Ia tak mengerti mengapa Alvin tahu jika dirinya menjenguk Syarif, sama seperti ketidakmengertiannya akan ucapan Alvin tentang rencana Syarif ke luar negeri. Untuk bekerja? Dengan kondisi fisik separah sekarang?

"Han, aku tidak suka kamu menemuinya."

"Tapi Syarif sedang sakit, Kak, kasihan ...."

"Itu hanya cara licik dirinya untuk membuatmu kembali dekat dengannya. Han, kamu harus memahami itu," bujuk Alvin.

"Enggak mungkin, Kak."

Hanum tetap tak bisa menerima yang dituduhkan Alvin. Kedua muda-mudi itu saling bertahan dengan argumen masing-masing, sambil memendam perasaan kecewa karena merasa saling tak dipercayai.

***

Melarung Botol Harapan

Rinai gerimis mewarnai persimpangan hati antara Hanum dan Alvin.

Entah sejak kapan rintik jarum itu mulai turun, Hanum tak menyadarinya. Pikirannya terlalu tersita oleh kejadian barusan. Kebingungannya akan kukuh Alvin menuding Syarif berbohong.

Lelah memikirkan semuanya membuat Hanum tertidur. Jilbabnya masih menempel di kepala. Begitu juga pintu kamar, lupa tak ia kunci.

Kondisi Alvin sendiri tak jauh berbeda, tenggelam dalam lamun yang melelahkan batin. Pikirannya tak menentu mencoba menyerap ulang setiap percakapan dengan Hanum sebelumnya.

Apakah aku terlalu khawatir, teramat takut kehilangan, hingga seposesif itu terhadap Hanum?

***

Pagi menyapa bersama mentari yang bersemangat mengibaskan cahaya ke segenap penjuru. Mengenakan baju merah marun dibalut jilbab merah muda yang dipercantik dengan bros bunga berbentuk hati, Hanum siap berangkat. Hari ini ada arahan dari pihak kampus terkait KKL[7] ke Yogyakarta minggu depan, yang biasanya bersambung dengan *Study Tour* menjadi satu paket.

"Kita samaan, Kak," ucap Hanum saat bertemu dengan Alvin.

---

[7] Kuliah Kerja Lapangan.

"Apanya?" Alvin meneliti dirinya sendiri, sebelum akhirnya tertawa renyah karena ternyata menggunakan baju berwarna senada dengan yang dikenakan Hanum.

"Kak, maafin aku, ya," ucap Hanum tiba-tiba.

"Untuk?" Alvin kembali bingung.

"Untuk semuanya. Besok Hanum akan mencari tahu semua tentang kebenaran sakitnya Syarif." Hanum berbicara sambil sedikit menundukkan kepala.

"Iya, Sayong. Maafin aku juga. Bukannya aku tidak percaya, tapi lebih kepada kekhawatiran akan kehilangan kamu."

Hanum mengangguk. Ia tak mau banyak bicara, khawatir keliru dan kembali menimbulkan kesalahpahaman.

Di ruang perkuliahan, Kaprodi Pendidikan Fisika, Bapak Dedi, menyampaikan kepada seluruh mahasiswa terkait hal-hal yang harus disiapkan untuk KKL di kota gudeg tersebut. Semua mendengarkan dengan seksama, mencatat hal-hal yang dirasa penting sekaligus melakukan pelunasan seluruh biaya yang harus dikeluarkan untuk kegiatan tersebut.

"Alvin, Bapak tunjuk kamu jadi ketua rombongan di KKL kali ini, ya!" ucap Pak Dedi.

"Tapi, Pak," Alvin mencoba mengelak, namun Pak Dedi sepertinya sudah mantap dengan pilihannya, membuat Alvin mau tak mau mengiyakannya.

***

Hari yang dinanti akhirnya tiba. Sepuluh menit menunggu, bus telah sampai di halaman kampus, memancing keriuhan saat semuanya berlomba mencari lokasi tempat duduk yang dirasa paling sesuai selera.

"Semua sudah masuk?" teriak Alvin mengecek anggota rombongan.

"Sudaaah ...!" Koor khas mahasiswa langsung menggema dalam bus pariwisata.

"Oke. Sebelum berdoa, mari kita berangkat," canda Alvin, yang kembali mendulang hingar di seantero bus.

Setelah gelak dan tawa mereda, dengan lebih serius Alvin memimpin doa, bersama memohon keselamatan dan kelancaran perjalanan.

Semua telah duduk rapi di kursi masing-masing. Jack berendeng Alvin, sejajar dengan Hanum yang bersebelahan sama Oca, hanya diselingi jalan kecil di tengah bus. Fitri tidak ikut karena terserang tipus.

Empat jam kemudian, bus telah sampai di Pelabuhan Merak-Bakauheni, tepat pukul 12.00 WIB.

"Ini adalah perjalanan pertamaku ke luar Lampung, Sayong," jelas Alvin sambil keluar dari bus, bersiap menuju musala yang terletak di lantai utama kapal penyeberangan.

"Iya. Udah lima kali Kakak cerita." Hanum mengingatkan, membuat Alvin meringis.

Rukhsah salat[8] diambil karena *uzur*[9] *safar*[10], men-*jamak takdim*[11] zuhur dengan Ashar lalu dilanjutkan dengan aktivitas makan siang di kantin kapal.

"Lautnya indah, ya," kata Alvin saat mereka bersantai di geladak usai menuntaskan santap siang.

"Iya. Tapi jangan nyemplung, nanti enggak bisa sampai Jogja," timpal Jack menggoda.

Oca tertawa mendengar perkataan Jack barusan. Alvin cuek-bebek saja. Ia sudah hafal karakter teman yang satu itu.

Sejuknya udara lautan membuat Alvin beranjak menuju pinggir kapal untuk melihat lebih dekat ciptaan Tuhan yang begitu menakjubkan, disusul Hanum, Jack juga Oca.

Hanum mengambil posisi tepat di samping Alvin. Jack sendiri malah asyik beralih peran menjadi juru foto bagi Oca yang berpose layaknya model ibukota.

"Han ... suatu hari nanti, kamu mau enggak menikmati perjalanan ini hanya berdua denganku?" tanya Alvin tanpa memandang wajah Hanum, wajahnya lekat ke hamparan laut yang menakjubkan.

"Ke mana?" tanya Hanum polos.

"Ke mana aja. Asal sama kamu, asal kita berdua," ucap Alvin sambil menenggak sisa air dalam botol kemasan.

---

[8] Keringanan atau kelonggaran yang diberikan kepada orang Islam yang bermusafir untuk melaksanakan solat dengan cara qasar dan jamak

[9] Halangan.

[10] (dalam) perjalanan.

[11] Menggabungkan pelaksanaan dua salat dalam satu waktu dengan cara memajukan salat yang belum masuk waktu ke dalam salat yang telah masuk waktunya.

"Ah, gombal." Hanum menjawab sembarang, meski jauh di relung hatinya bahagia langsung pasang tanpa ingin surut kembali.

"Hanum, tulis yuk keinginan kamu di kertas ini." Tiba-tiba Alvin meminta Hanum untuk melakukan sesuatu yang tak terduga.

"Keinginan?"

"Iya, sesuatu yang ingin sekali kamu wujudkan." Alvin mempertegas.

Tangan mungil Hanum menulis apa yang diinginkannya.

Aku ingin kuliah S2 di Jogja bareng Alvin. Melakukan perjalanan bersama, mengejar setiap mimpi berdua. Semoga.

Setelah selesai, Alvin meminta Hanum menggulung kertas tersebut dan memasukkannya ke botol bekas air mineral tadi.

"Kakak enggak ikutan menulis?" tanya Hanum kepada Alvin.

"Buat apa? Yang kamu tulis pasti sama dengan yang ingin kutulis. Cukup satu keinginan untuk kita berdua," goda Alvin, membuat Hanum tersipu dan kembali bahagia men-tsunami di hatinya.

Setelah ditutup rapat, Alvin melempar botol tersebut ke hamparan laut yang luas.

"Hanum, itu adalah harapan kita. Semoga Tuhan hamparkan keluasan jalan untuk kita menggapai mimpi seluas lautan ini," doa Alvin.

Hanum mengangguk, mengaminkan dalam hati.

"Woi! Jangan buang sampah di laut, dong!" Lagi-lagi Jack menimbrung dari arah belakang tanpa disadari oleh Hanum dan Alvin.

"Itu bukan sampah, Kak Jack, tapi botol harapan, hahaha ...." Giliran Oca turut menggoda.

Sial! Mereka ternyata mendengar dan melihat apa yang aku dan Hanum lakukan! batin Alvin keki.

***

Cupu!

Tiga jam menempuh perjalanan laut, rombongan yang membawa Hanum dan teman-teman kampusnya berhasil mendarat dengan selamat di Pelabuhan Merak. Wajah-wajah yang awalnya sesegar embun pagi kini tak ubahnya cucian yang tak kering dijemur.

Kembali salat magrib dan isya dilakukan secara jamak, makan malam hingga akhirnya bus kembali melaju.

"Wow! Lampunya bagus, ya. Gedung-gedung nya juga tinggi, persis kayak yang ada di TV." Suara-suara takjub mendadak terdengar, membuat penumpang yang sebelumnya membenamkan wajah bergelung kantuk ikut terbangun dan menatap ke luar bus.

Benar saja, pemandangan yang kini mereka saksikan persis seperti yang ada di layar kaca. Tak heran bila kemudian Hanum dan teman-teman langsung *cupu*[12] sebab mereka memang rata-rata berasal dari pelosok yang jauh dari hiruk-pikuk dunia seperti yang ada di kota besar sekelas Jakarta, termasuk kota yang sekarang sedang dilewati.

Semua mata tak rela melewatkan setiap momen dan pemandangan yang silih berganti menyerupai slide pada jendela bus. Gedung-gedung yang menjulang, lampu kota yang bersimbah cahaya ... benar-benar sangat memanjakan penglihatan serta amat jarang ditemukan di tanah kelahiran!

***

[12] Culun punya, kurang pengalaman dan pergaulan.

Azan subuh yang menerobos gendang telinga membuat Hanum dan rombongannya siuman dari tidur panjangnya. Mata-mata berkerjap-kerjap, mencoba mencari tahu telah pukul berapa dan sampai di mana.

Telah memasuki Tanah Jawa, tapi entah kota apa. Hanum ingat pemandu tur menyebutkan bahwa rombongan akan tiba di Yogyakarta baru selepas zuhur nanti.

Usai istirahat-salat-makan, bus kembali membelah jalan. Hingga yang dinanti akhirnya tiba: Yogyakarta!

Destinasi utama yang dituju apalagi jika bukan Pantai Parangtritis. Urusan KKL tentu saja nomor sekian alias hanya studi banding sambilan, Hanum geli sendiri bila mengingat canda yang beredar sebagai rumor di kalangan teman kampusnya.

"Wow! Indah sekali ...," ucap Alvin saat pertama kali turun dari bus.

"Mantap!" Jack menambahkan.

Hanum sendiri hanya diam, tenggelam dalam lamunan sambil tak puas-puasnya memandangi hamparan pantai berpasir hitam yang kini dijejaknya. Dalam hati ia berbisik, *Akhirnya tiba juga aku di kota impian, ijinkan aku bisa kembali lagi di waktu selanjutnya.*

"Yuk," ajak Oca pada Hanum.

Hanum mengangguk, berjalan bersama menuju bibir pantai. Seperti biasa sebelum menikmati keindahan pantai, kali ini giliran Hanum berganti peran. Didapuk menjadi juru bidik lensa bagi Oca si Ratu Kamera.

"Woiii...!" Alvin dan Jack melambaikan tangan sambil mengendarai ATV sewaan.

Melihat itu, Oca langsung berlari ke arah Jack dan membonceng.Tapi tidak dengan Hanum, ia bergeming di bibir pantai.

"Ayo ikut, Han," Alvin mendekat ke arah Hanum.

Hanum menggelengkan kepala.

"Kenapa?" Alvin penasaran.

"Aku malu," ucap Hanum jengah. Matanya terus memandang pinggir pantai sambil memainkan kaki di air.

"Ayolah, Sayong ...!" Alvin terus membujuk. Apalagi dilihatnya Jack dan Oca sudah melesat jauh mengitari pinggiran pantai dengan amat sedapnya dengan ATV.

"Aw ...!"

Hanum tiba-tiba berteriak, wajahnya meringis bercampur kaget.

"Kenapa, Han?" Alvin ikut merasa cemas.

"Enggak papa."

Hanum terus menyusuri bibir pantai hingga Jack dan Oca memutar balik ke arah dirinya.

Alvin sendiri masih tetap duduk di atas ATV, berharap Hanum berubah pikiran dan mau membonceng dengannya.

"Aduh ...." Hanum kembali mengeluh. Lirih, namun tetap terdengar oleh Alvin yang mengekori di belakang dirinya.

"Kamu sebenarnya kenapa, Han?" Kali ini Alvin bergegas ke arahnya.

Hanum tetap menggeleng, namun wajahnya tak bisa menyembunyikan rasa sakit yang dideritanya.

"Hanum kenapa?" Oca dan Jack turut menghampiri Hanum.

"Dia disengat ubur-ubur tadi." Seseorang ikut menimbrung pembicaraan. Sepertinya wisatawan juga, yang kebetulan memang berada tak jauh dari tempat Hanum.

Pantas saja dia tahu, batin Hanum.

"Kok bisa sih?" tanya Jack khawatir.

"Udah enggak papa, kok." Hanum mencoba menenangkan.

"Hati-hati kalau disengat ubur-ubur. Bagi yang kuat kadang emang enggak papa, tapi kalau yang enggak kuat bisa bahaya, racunnya bisa merambat sampai ke hati." Wisatawan itu kembali menjelaskan tak ubahnya seorang ahli ubur-ubur.

"Kamu engak papa beneran, Num?" Oca kembali bertanya untuk meyakinkan dirinya.

"Ehmmm ... kakiku mulai sakit, Ca. Rasanya panas."

Kalimat Hanum membuat Alvin bertindak cepat.

"Udah ayo kita cari obatnya."

Alvin menarik lengan Hanum. Tapi Hanum justru kembali mengaduh, membuat semua mata saling berpandangan dengan gelisah.

"Sakitnya merembet ke paha atas, padahal sebelumnya Cuma kayak digigit semut doang," keluh Hanum, terpaksa membiarkan Oca dan Alvin memapah dirinya.

Dari situ kesialan Hanum kemudian bermula!

Mulai dari disuruh menghabiskan air kelapa hijau hingga perutnya terasa kembung serta beberapa cara lainnya yang sama menyiksa.

"Masih sakit?" Alvin kembali bertanya.

Hanum lagi-lagi mengangguk. Juga ketika Alvin mengajaknya kembali ke dalam bus.

Kali ini Hanum berjalan dengan tangan memegang pinggang. Rasa sakit telah menjalar ke bagian atas tubuhnya.

Jangan-jangan, yang diucapkan wisatawan tadi memang benar. Hanum merasa takut, wajahnya semakin memucat perpaduan antara menahan sakit dan takut sekaligus.

Melihat gaya berjalan Hanum yang seperti ibu hamil membuat Alvin geli bercampur kasihan. Ia menawarkan diri untuk menggendong Hanum, yang langsung ditolak mentah-mentah.

"Mau ya, Han?" Alvin kembali membujuk.

"Enggak!" tegas Hanum.

Diajak boncengan ATV aja enggak mau kok malah nawarin gendong, dikiranya aku wanita apaan? Apalagi ini di tempat umum. Dasar modus! umpat Hanum dalam hati kepada kekasihnya yang lagi kecentilan itu.

"Makanya lain kali kudu nurut, Han. Coba kalo tadi ikut kakak naik ATV, dijamin enggak bakalan disengat ubur-ubur."

"Iiih ...! Nyebeliiiinnn...!" Hanum mencubit tangan Alvin, membuat sosok jangkung itu kontan meringis merasakan pedasnya jari kepiting Hanum, meski rasa khawatir terhadap kondisi Hanum belum juga hilang.

"Lho, kenapa ini?" tanya pemandu tur saat mendapati Hanum berjalan dengan dipapah.

"Disengat ubur-ubur, Mbak."

Hanum bertiga melenggong ketika pemandu tur tersebut kemudian beranjak pergi.

Kirain ingin membantu, ternyata sekadar basa-basi, batin mereka senada.

Namun, dugaan mereka ternyata keliru. Tahu-tahu pemandu tur datang kembali membawa secangkir kopi hitam plus dua buah cabe rawit yang bila dilihat dari bentuk dan warnanya amat *maknyus* jika di*kletus*.

"Coba kamu minum ini, ya, terus olesi kaki yang tersengat tadi pake cabe ini. Habis itu dijemur di bawah terik matahari. Insyaallah nanti sakitnya hilang," papar pemandu tour tersebut penuh perhatian.

Hanum menurut. Ia teguk kopi hitam yang masih mengepulkan uap tipis itu perlahan, sebelum detik berikutnya ia muntahkan dengan kecepatan sepersekian nanodetik.

"Pahit banget!" keluh Hanum, membuat Oca terpingkal-pingkal ulah tingkah Hanum yang kekanakan.

Tetap saja Hanum dipaksa untuk menghabiskannya, menjadikan hari ini layak untuk didaulat sebagai hari paling menyebalkan sedunia.

***

Langit Yogya pada malam hari terbukti romantis seperti yang digambarkan dalam film dan lagu. Suasana makin bertambah syahdu dengan alunan musik khas Pulau Jawa mendominasi nyaris seluruh sudut kota. Beberapa tukang becak ramai menawarkan jasa penuh keramahan kepada para wisatawan.

"Pak, antar kami ke alun-alun, ya," pinta Alvin, yang sigap diamini bapak pengayuh becak dengan senyum yang terus dikulum.

"Ini kali pertama aku naik becak loh, Kak." Hanum berbisik lirih di telinga Alvin, malu jika terdengar oleh bapak becak di belakang kemudi.

"Sungguh?" Mata Alvin membulat sempurna seolah tak yakin dengan perkataan Hanum.

Hanum menganggук, memicu tawa si jangkung di sebelahnya sebelum akhirnya berubah menjadi jerit lirih kala pinggangnya menjadi korban keganasan cubitan Hanum.

Berdua mereka menghabiskan malam di alun-alun kota, mencoba menyesapi makna dari segala yang pernah dikenal dengan nama: Keindahan, dalam kebahagiaan

***

Badai Semakin Membesar

"Syarif, bertahanlah, Nak ...." Tangis Tante Wulan tak tertahankan melihat kondisi putranya. Sudah dua hari Syarif dinyatakan koma. Belum ada tanda apapun yang memberi harapan kesembuhan, bahkan keadaannya terlihat semakin memburuk.

***

Mengunjungi Yogyakarta serasa belum resmi tanpa menjejakkan kaki pada dua destinasi wajib bagi para pelancong; Candi Borobudur dan Prambanan. Seluruh anggota rombongan terperangah melihat bangun megah yang tak tertandingi segi dan sejarahnya itu, membuat rombongan Hanum langsung tenggelam dalam perburuan angle[13] demi beroleh kenangan terbaik di lembar gambar. Termasuk yang paling semangat, tentu saja. Siapa lagi jika bukan Oca Sang Ratu Narsis!

Hanun dan Alvin memilih cara berbeda menikmati suasana indah tak terhingga itu. Melakukan pradaksina cinta, demi upaya memaknai cinta yang tanpa tepi, tak berbatas.

Perjalanan berlanjut menuju Bandung, berkunjung ke Pusat Sains dan Teknologi Atmosfer–LAPAN[14], Observatorium Bosscha dan BATAN[15] sebagai upaya

---

[13] Sudut pengambilan gambar tertentu saat kamera membidik sebuah obyek foto yang biasanya bergantung sepenuhnya pada sudut pandang dan preferensi fotografer tersebut.

[14] Lembaga Penerbangan dan Antariksa Nasional

[15] Badan Tenaga Nuklir Nasional.

meracik pemahaman mengenai penerapan ilmu pengetahuan dan teknologi yang dipelajari di perkuliahan pada berbagai aspek dunia kerja sebagai tujuan dari KKL. Setelahnya, menyesap keindahan Tangkuban Perahu sambil berjuang mengusir gigil yang menusuk hingga ke tulang menjadi pengalaman tersendiri yang sulit terlupakan.

***

"Innalilahi wa inna ilaihi rajiun .... Maaf, Bu. Kami sudah berusaha sekuat tenaga, namun nampaknya Tuhan lebih menyayangi Ananda Syarif."

Tatapan Tante Wulan kosong. Separuh hidupnya seakan dicerabut paksa oleh tangan-tangan yang tak terlihat tanpa ia mampu untuk mempertahankannya.

Syarif anak yang sangat disayangi oleh Tante Wulan dua kakak lelakinya yang lain. Namun kenyataan berbicara lain. Tuhan sayang Syarif melebihi dirinya.

***

Mode getar di gawai Hanum bekerja keras. Setelah panggilan ke sembilan belas barulah Hanun menyadari, dan langsung mengangkatnya.

"Assalamualaikum, Rayyan, ada apa?" sapa Hanun ke adiknya yang paling bungsu itu.

"Mbak Hanum, Mas Syarif meninggal."

Hanum bagai disambar petir mendengar kabar duka tersebut. Bukankah baru kemarin ia masih bercengkerama, dan berusaha memompa semangat Syarif untuk tetap bertahan melawan kanker yang menggerogotinya?

Tanpa berfikir panjang, Hanum berpamitan kepada pemandu tur untuk pulang duluan. Ia meminta tolong ke bapak supir bus untuk mencarikan travel yang siap berangkat pagi itu juga.

Dua puluh menit menunggu, akhirnya travel yang dipesan datang. Hanum tak sempat berpamitan ke siapa pun. Hatinya rusuh, tindakannya gugup. Pun Alvin entah tengah berada di mana saat ini, bersama Jack yang belum lama memaksanya menemani kegiatan kopi pagi.

***

Alvin mencari keberadaan Hanum ke mana-mana tanpa hasil hingga akhirnya bertemu pemandu tur yang menyampaikan kabar bahwa Hanum pulang urusan duka kematian teman melalui sambungan telepon.

Sebersit perasan tak nyaman menyelusup di dada Alvin. Kenapa Hanum tak bercerita kepadanya? Kenapa Hanum tak memberi tahu bahwa ia hendak pulang lebih cepat dari jadwal? Kenapa .... Hanum ....?

Kekecewaan Alvin semakin bertambah saat ia coba berulang kali menghubungi Hanum, ternyata nomor tersebut tidak aktif.

Ada perasaan khawatir yang menyapa dirinya. Akan tetapi, perasaan lain turut menimbrung tanpa mampu ia cegah. Cemburu, juga sesal dan marah karena merasa kurang dihargai. Semuanya berpadu menjadi orkestra yang kian membuatnya tak nyaman.

"Yang tenang, semua akan baik-baik saja." Jack berusaha menyabarkan.

Alvin mengangguk, berlalu menuju bus dengan pikiran yang terus bergeliat-geliat tanpa henti.

***

Jakarta yang menawan tetap tak mampu memalingkan Alvin dari kemurungannya yang sunyi. Ia merasa semua tak lagi sama, tak lagi indah penuh makna tanpa kehadiran Hanum di sisinya. Yang lebih menyakitkan, Hanum pergi karena Syarif!

Alvin tak peduli bila ada yang menyeutkan egois serta kekanakan karena mendengki terhadap orang lain meski telah meninggal sekalipun. Alvin tak peduli juga tak mau peduli. Ia hanya menginginkan Hanum. Di sini. Saat ini. Bersama dirinya.

Alvin tak bersemangat untuk menikmati senja bersama teman-temannya. Ia memilih berdiam diri di tepi Pantai Ancol, memandangi hamparan pasir putih dengan tatap yang sama putih kosong.

"Alvin?"

Sebuah suara memanggil dirinya, membuat hatinya merasa mendesir sebab ia merasa pernah mengenal suara itu bertahun-tahun sebelumnya. Amat mengenalnya, bahkan!

"Kamu?" Alvin menatap tak percaya pada gadis yan memanggilnya itu. "Kok kamu bisa ada di sini?"

"Mmmm ... iya. Aku kerja di perusahaan dekat sini, Vin." Si gadis kikuk menjawab.

"Ooh ...."

Alvin merespon dengan datar dan bermaksud berlalu dari sana. Namun belum sempat ia melangkah ketika gadis itu menahan tangannya.

"Kau masih marah padaku?"

Pertanyaan itu membuat luka hati Alvin berdarah kembali. Tubuhnya agak bergetar menahan emosi.

"Alvin, aku masih mencintaimu. Perasaanku tak pernah berubah. Hari itu aku hanya sedang emosi, maafkan aku."

Alvin bergeming, namun bola matanya tak semerah tadi. Mulai menormal secara perlahan, membuat lawan bicaranya diam-diam tersenyum misterius.

"Alvin Sanjaya, apakah kau masih mencintaiku?" gadis itu kini telah menjejerinya.

"Aku tidak tahu, Lita." Alvin menundukkan kepala dan pejamkan mata. Perlahan tapi pasti, ia mulai mengingat segala yang tadinya susah-payah ia kubur. Termasuk pertengkaran hebat terakhir antara Lita dan dirinya, yang bila dipikir ulang tak lebih hanya salah paham semata, karena Lita yang terlalu posesif dan pencemburu.

Senja berganti malam, menyulap obrolan yang semula dingin menjadi canda penuh nostalgia dan semakin tak berjarak. Kekhawatiran Alvin terhadap Hanum terselip entah di lapis keberapa dalam sudut paling pinggir di hatinya.

"Aku akan pulang, dan kuliah di tempatmu," ucap Lita sambil menyeruput secangkir coklat hangat.

"Oh, ya?" Tatapan Alvin menjelajahi wajah gadis di depannya, yang kini terasa semakin menarik ketimbang perjumpaan terakhir waktu SMA dulu.

Lita mengangguk, terus saling bertukar informasi dan berlanjut dengan menyimpan nomor gawai semasingnya. Saat menyimpan nomor Lita itulah Alvin melihat ada satu pesan masuk dari Hanum.

Kak, Hanum pulang. Syarif meninggal. Maaf baru ngasih tahu karena HP lowbatt. Salam sayang dari Hanum cuma buat Kak Alvin seorang.

Alvin merasa ada yang aneh dengan dirinya. Pesan dari Hanum telah masuk sejak satu jam yang lalu. Mengapa ia tak sadar? Padahal, biasanya dirinya selalu tahu kapan pun Hanum mengirim pesan. Ada apa dengan diriku?

"Siapa?" Lita curiga melihat ekspresi Alvin.

"Eh, bukan. Bukan siapa-siapa."

Alvin mengingkari Hanum untuk yang kedua kalinya dalam waktu yang begitu singkat.

***

Mobil travel yang membawa Hanum akhirnya sampai.

Langkah Hanum terasa gamang. Ia masih tak percaya bahwa sahabat terbaiknya sejak kecil itu telah pergi menghadap Tuhan untuk selamanya. Rasa sesal menyelimuti hati Hanum. Terbayang rentetan peristiwa yang terjadi antara dirinya dengan Syarif, membuatnya tak kuasa menahan kepedihan.

"Syarif, maafkan aku ...."

Tangis Hanum pecah di atas pusara Syarif.

Kebenaran yang Menyakitkan

Hanum meninggalkan pusara Syarif dengan hati yang menyerpih, kakinya melangkah menuju rumah. Pulang.

Hanum mencoba tersenyum ketika orang tua dan adiknya telah menanti kedatangannya di teras. Namun semua paham jika upaya Hanum tak mmbuahkan hasil. Senyum Hanum benar-benar terlihat amat patah.

"Istirahat dulu, Mbak Hanum."

Hanum langsung mengiyakan saran dari ibunya, menghamburkan tubuh ke ranjang yang telah lama tak ia tinggali. Tangannya meraih lembaran foto tatkala dirinya masih TK dulu. Ada foto bocah lelaki di sana, berambut model sisiran belah tengah sedang tersenyum di sampingnya.

"Syarif, maafkan aku ...," bisik Hanum pada foto yang kini didekapnya sepenuh erat, sebelum rasa lelah menyeretnya menuju mimpi.

Esoknya, Hanum terbangun dengan kepala agak berat.

Sepertinya aku telat makan, pikir Hanum. Ia merasa penyakit asam lambungnya mulai kambuh. Sambil berjalan menuju ruang makan, Hanum ingat Alvin. Tak biasanya Alvin sepi tanpa satupun kabar untuk dirinya. Apa mungkin dia marah?

***

Sepekan berlalu, Hanum telah memulai kembali aktivitas kampusnya. Sisa duka pusara Syarif tetap menjelaga di wajahnya hingga membentuk seraut sendu.

"Kak Alvin ...." sapa Hanum saat mereka berdua berada di ruang laboratorium.

"Hai, kamu sehat?" Alvin balik menyapa. Tapi Hanum merasa ada sesuatu yang janggal mengganjal di hatinya.

"Kak, Maafin Hanum ya soal.." Suara Hanum terdengar bergetar, mencoba menjelaskan peristiwa kemarin.

"Sudahlah, Kakak sudah tahu." Jawaban Alvin seolah berusaha menepis apapun informasi dari Hanum.

"Apa Kak Alvin marah sama aku?" Hanum menatap wajah Alvin serius.

"Sudahlah, Han, Kakak enggak papa." Alvin berlalu, menyibukkan diri dengan berbagai alat praktikum.

***

kau adalah bagian dari masa lalu yang tak bisa kuhapus dari ingatan

aku menyesal dulu telah membuat keputusan yang salah

aku sudah merangkai cinta berkali-kali dengan yang lain, namun

tak ada yang sepertimu.

Alvin tersenyum membaca pesan singkat dari Lita. Entah kenapa, hatinya kembali bergetar mengingat masa-masa indah bersama Lita. Hanya karena sifat saling egois hubungannya dulu berakhir.

"Ingat Hanum, Vin!" Suara Jack mengagetkan Alvin yang tengah senyum-senyum sendiri di depan layar gawainya, hingga dirinya tidak sadar bahwa Jack ikut membaca isi pesan dari Lita itu.

Alvin terlihat kikuk dan tak bisa menjawab, ia hanya menganggguk samar kepada Jack.

"Alvin, apa karena Lita sifat lu jadi berubah ke Hanum?" tanya Jack dengan nada datar namun penuh tendensius.

"Berubah gimana?" Alvin pura-pura dungu.

"Gue dah liat semuanya, Vin. Enggak biasanya lu bersikap acuh ke Hanum."

Rupanya Jack menangkap basah sikap Alvin kepada Hanum waktu di laboratorium tadi, juga menyaksikan dengan mata dan kepala sendiri betapa gayengnya obrolan Alvin bersama Lita di Pantai Ancol tempo hari.

"Entahlah, aku berpikir Hanum juga melakukan hal yang sama kepadaku," ungkap Alvin dengan wajah kesal.

"Maksud lu?" Jack berusaha memperjelas arah pembicaraan Alvin.

"Iya. Hanum dekat dengan Syarif." Alvin menyeruput kopi yang sejak tadi dianggurkannya tanpa sadar.

"Lu serius, Vin? Syarif kan cuma teman masa kecilnya Hanum!" Suara Jack sedikit meninggi.

"Lita juga teman SMA-ku dulu," Alvin membela diri.

"Terserah lu, Vin. Yang penting gue udah ngingetin. Moga enggak ada penyesalan di hari esok."

Jack menepuk bahu Alvin sebelum beranjak, meninggalkan Alvin yang masih setia dengan cangkir kopi juga perasaan terlarangnya kepada Lita.

***

Tak terasa, semester tujuh akhirnya menjelang. Dari arah pintu masuk kampus terlihat banyak wajah-wajah baru menyerbu ke dalam dengan penuh semangat.

"Mbak Hanum, ya?" Seseorang di antara pemilik wajah baru tersebut menyapa Hanum, membuat dirinya menganggguk.

"Apa kita sudah pernah saling mengenal sebelumnya?" tanya Hanum tanpa basa-basi, bermaksud menelisik mengapa serta bagaimana mahasiswi baru itu bisa tahu namanya.

"Perkenalkan, saya Lita, Mbak."

Sambil mengulurkan tangannya Lita memperkenalkan diri pada Hanum tepat di depan ruang laboratorium. Sepertinya wanita ini sengaja menunggu praktikum selesai sebab hari itu Hanum mendapat jadwal sore hingga pukul 17.00 WIB, yang sekaligus juga sebagai jadwal penutup.

"Oh, iya. Salam kenal." Hanum membalas uluran tangan Lita.

"Alviiinnn!" Panggil Lita yang melihat Alvin keluar dari ruang laboratorium sesaat setelah ia berkenalan dengan Hanum.

Melihat itu Hanum menjadi bingung. Siapa sebenarnya Lita. Kenapa Alvin tidak pernah menceritakan tentang Lita, atau, mungkinkah Alvin memang tidak sedang ingin menceritakan itu kepadanya mengingat hubungan antara dirinya dengan Alvin sekarang sedang berada di ambang batas ketidakjelasan? Alvin yang sejak meninggalnya Syarif menjadi laki-laki yang dingin tak ubahnya gunung es. Lelaki yang acuh terhadap dirinya hingga kerap memaksa dirinya untuk bersikap yang sama, yang tentu saja malah menjadikan hubungan antara diri mereka berdua menjadi lebih buruk.

"Udah lama kamu di sini, Lita?" Suara Alvin akrab menyambut Lita. Sepertinya mereka sudah mengenal satu sama lain sebelumnya, batin Hanum dalam hati.

"Hanum, kenalkan, ini Lita," ucap Alvin saat dilihatnya Hanum masih tak beranjak.

Hanum menganggguk, sebelum akhirnya berlalu dari keduanya. Masih sempat dilihatnya Alvin membonceng Lita, membuatnya semakin penasaran akan hubungan mereka berdua. Namun, ia mencoba untuk *positive thinking*. Barangkali Lita adalah sepupu Alvin, sebab tak biasanya Alvin pulang berboncengan dengan teman wanita lainnya.

Namun, Hanum tak bisa membohongi perasaannya sendiri, bahwa tetap ada segores pedih melihat keakraban yang terpancar dari interaksi mereka berdua.

***

Malam menjelma. Gemintang berbaris rapi mengiringi rembulan yang telah menempati tahta di singgasana miliknya, membuat langit malam terlihat begitu cantik. Embusan sang bayu yang menyilir sejuk semakin membuat Hanum betah berlama-lama di teras asrama bersama penghuni lainnya.

Gawai Hanum bergetar. Panggilan masuk dari nomor yang tidak dikenalnya.

"Hallo ...." Hanum mengawali pembicaraan.

Tak berjawab, Hanum mengulang.

"Hallo ...."

"Ehm, hallo, Mbak Hanum. Ini Lita."

Lita? Hanum berpikir sejenak, sebelum akhirnya teringat peristiwa yang membuatnya tak tenang sejak sore tadi.

"Iya, Lita. Ada apa?"

"Mbak Hanum teman dekatnya Alvin, ya?"

Kening Hanum mengerut. Baru kenal sudah berani melontarkan tanya pribadi seperti ini? Siapa Lita sebenarnya?

"Saya? Ehm, ya. Kami semua teman dekat satu sama lain di jurusan."

"Maksudku, Mbak Hanum punya hubungan spesial apa dengan Alvin?"

"Tanya saja sama Alvin. Udah malem, Udah dulu, ya."

Hanum bertambah tidak memahami tentang apa yang sebenarnya terjadi. Sudah seminggu ini bahkan dirinya tak saling berkirim pesan dengan Alvin. Kenapa Lita menanyakan tentang hubungannya dengan Alvin? Siapa sebenarnya Lita?

Hanum coba mencari jawaban dari setiap pertanyaan yang muncul di benaknya, namun hanya kegelisahan yang bertambah-tambah serta kegalauan hatilah yang ia dapatkan.

***

Pagi datang kembali dengan sejuta harapan baru, menghadirkan semangat membara bagi siapapun yang ingin meraih asa dan citanya.

Pagi ini, Hanum berencana mengajak Alvin untuk berbicara empat mata. Tak betah rasanya dengan keadaan menggantung semacam ini.

"Kak Alvin, bisa kita bicara sebentar?" Hanum menarik lengan Alvin yang tengah meninggalkan kelas.

"Ada apa, Hanum?" Suara Alvin kembali lembut terdengar, suara yang Hanum rindukan. Suara yang selalu menenangkan hati Hanum saat kegelisahan menghinggapi hatinya. Tapi, mengapa panggilan Alvin kepada dirinya berubah?

"Siapa Lita?" tanya Hanum penasaran.

"Oh, dia adik sepupuku," Alvin menjawab santai, "ada apa?"

Hanum menggelengkan kepalanya. Mungkin benar jika Lita adalah adik sepupu Alvin.

"Tentang hubungan kita, bagaimana?"

"Hubungan kita? Bukankah selama ini baik-baik saja?" Alvin balik bertanya seraya menyodorkan bungkusan kecil yang dia ambil dari dalam tas.

"Apa ini?"

"Buka saja nanti, Kakak pulang duluan, ya. Jangan lupa berkirim pesan, Aku rindu," ucap Alvin sambil mengedipkan sebelah matanya, sesuatu yang telah menjadi amat jarang dilakukan oleh Alvin akhir-akhir ini.

Hanum menganggguk. Semburat senyum kembali tercipta di wajah ayunya, semburat yang membuang ragu dan segala jelaga rasa yang sebelumnya sempat bersemayam di dalam hatinya.

Kak Alvin, *i love you*, bisik Hanum pada bingkisan kecil yang baru saja Alvin berikan itu.

Mencoba membalas perhatian Alvin, Hanum berniat mampir ke tempat kos Alvin untuk memberikan bingkisan balasan. Namun kenyataan memang kerap kali berjarak begitu jauh dari ekspektasi yang semula diharapkan!

Melihat apa yang kini disaksikan oleh kedua matanya membuat dada Hanum serasa meledak. Matanya tak berkedip menatap dua sejoli yang tengah asyik merayakan sebuah pesta ulang tahun, dengan kue tar coklat besar dan lilin membentuk angka 20 yang telah menjadi bahan lempar-lemparan hingga membuat wajah keduanya berlumuran kue.

"Ayo kejar aku kalau bisa!" Suara Lita terdengar amat manja dan menggoda, disusul Alvin yang mengejar penuh kegembiraan.

Embun menetes seketika dari sudut mata Hanum, dengan begitu derasnya. Ingatannya langsung memutar ulang segala memori yang telah berlalu, membawanya untuk mundur ke kisah-kisah manis yang sekejap kini berubah menjadi luka.

Hanum menyeka bulir yang mengalir di pipinya.

"Aku akan terlihat murahan. Masih banyak lelaki di dunia ini yang kata-katanya bisa dipegang."

Sementara Alvin dan Lita yang memang tidak menyadari ada mata sedih yang memergoki aktivitas mereka, semakin riuh dalam canda ria penuh kemesraan.

***

Memasuki kamarnya, benak Hanum masih disesaki adegan mengerikan yang dilihatnya di tempat Alvin, yang membuatnya ingin merutuki keadaan, yang membuatnya menyesal karena begitu mudah menaruh rasa percaya pada seorang laki-laki. Andai tidak begitu banyak cerita yang sudah terlanjur terjadi, rasanya mungkin tak sesakit ini.

Hanum mendengus keras. Saat hendak merebahkan tubuh ke kasur itulah ia melihat bingkisan pemberian Alvin di bibir ranjang. Bingkisan yang membuatnya salah paham memaknai sikap Alvin yang dikiranya telah membaik, sebelum dirinya tahu bahwa ternyata, Alvin memberikan porsi istimewa yang lebih besar di ulang tahunnya, kepada wanita lain.

Dibukanya bungkusan itu dengan perasaan tak menentu. Isinya coklat.

Coklat manis untuk Hanumku yang manis.

Tulisan di kertas pembungkus coklat menerbitkan geram di hati Hanum, membuatnya melempar coklat itu sekuat tenaga lalu menenggelamkan wajah ke bantal bersama tangis yang tak lagi bisa dibendungnya.

Adakah yang lebih hancur dari ini, ketika diri tersakiti, justru oleh sosok yang diyakini amat mencintai, sosok yang diyakini adalah jodohnya di masa yang akan datang, sosok yang tak pernah membuatnya berpikir untuk memberi ruang hati kepada yang lain, karena seluruh asa dan rasa terlimpah hanya kepadanya, sosok yang bahkan sebelumnya Hanum merasa bahwa ia adalah malaikat yang dikirimkan oleh Tuhan khusus untuk membahagiakan dirinya? Tapi kali ini, rasanya semua hanya akan menjadi sekadar cerita.

Dan hening malam, rintik hujan ditambah listrik yang padam menyulap suasana malam ini benar-benar sunyi, sesunyi hati Hanum yang patah dan berserakan.

Ponsel Hanum bergetar, dilihatnya ada panggilan masuk dari nomor Alvin.

Tapi Hanum malah melempar ponselnya sembarangan, tak berhasrat untuk mendengar suara lelaki itu lagi, meski sebelumnya suara itulah simfoni paling menakjubkan yang selalu ia tunggu dan rindui.

***

Luka Cinta Hanum

Mentari yang mulai menyengat tetap tak membuat Hanum beranjak dari pembaringan. Suasana hati yang masih tak menentu membuatnya kehilangan semangat untuk melakukan apapun. Wajah Hanum terlihat sayu, dengan mata sembab serta senyum yang seolah tak ingin lagi bertengger di bibir ranumnya.

Pintu kamar Hanum berbunyi. Dari balik tirai siluet Oca yang cantik dan segar menyembul jelas.

Hanum beranjak, membuka pintu dengan wajah bantalnya yang masih kental balutan kesedihan.

"Hai, Hanu ... kenapa, kamu?" Suara Oca yang awalnya renyah langsung berubah haluan ketika melihat Hanum tak seperti biasanya. Keheranannya mencapai puncak karena dilihatnya Hanum belum siap.

"Aku mandi bentar."

Oca duduk di ranjang, membantu membereskan selimut dan bantal Hanum yang berserakan ketika matanya menumbuk se sebuah benda.

Coklat? Dari Alvin? Tapi mengapa tergeletak di sudut kamar seakan dibuang? Padahal, biasanya apapun dari Alvin selalu istimewa bagi Hanum!

Oca memungut coklat tersebut. Benar dugaannya, coklat tersebut dari Alvin.

Sepuluh menit menunggu akhirnya Hanum selesai mandi.

"Kau mandi bebek ya?" Ledek Oca. Sepuluh menit memang waktu yang amat luar biasa cepat bagi kaum seperti dirinya dan Hanum.

Hanum hanya mengangguk.

"Ini coklat dari Alvin ya, Num?" tanya Oca lagi tanpa basa-basi, membuat Hanum menolehkan kepalanya yang semula menghadap ke cermin.

"Iya. Makan aja kalau kamu mau," ucap Hanum tanpa ekspresi.

"Tapi, kenapa?" Oca merasa aneh, sebab ini tak seperti biasanya.

"Aku sedang tidak makan coklat," jelas Hanum singkat, meraih tas dan gawai yang tergeletak di atas ranjang lalu menarik tangan Oca yang masih terlihat bingung dengan sikap Hanum yang tak seperti biasanya, sebelum akhirnya mereka berangkat bersama menuju kampus.

"Kukira sudah telat," ucap Oca pada Fitri yang duduk di sebelahnya.

"Dosen datang terlambat hari ini," jelas Fitri.

Oca mengeluarkan coklat yang ia dapat dari Hanum dan memakannya bersama Fitri dan Jack. Hanum sama sekali tidak tertarik.

Dari bangku belakang, Alvin memperhatikan Hanum yang murung. Ia memperhatikan sejak awal datang Hanum tak menunjukkan raut wajah sumringahnya seperti biasa.

Alvin berniat mendekat ke Hanum, tapi matanya tiba-tiba tertuju pada coklat yang ada di tangan Oca. Ia yakin coklat itu adalah pemberiannya sebab masih tersisa bungkus kertas manggis berwarna merah pada bagian luar coklat tersebut.

Alvin mengurungkan niatnya, kembali duduk namun dengan mata yang terus tertuju pada Hanum. Kebetulan dosen pengampu Mata Kuliah Gelombang telah hadir.

Detik melaju waktu berlari. Proses perkuliahan berjalan lancar, menyisakan riuh para mahasiswa yang protes karena merasa keberatan dengan tugas yang baru diberikan.

Hingga dosen meninggalkan ruangan, Hanum tetap seperti mula ia datang. Wajahnya bahkan makin datar. Tanpa ekspresi tanpa senyuman tanpa sedikitpun berkata-kata seperti galibnya di hari-hari kemarin, membuat Alvin blingsatan sendiri.

“Ada apa, Han?” Akhirnya Alvin bertanya dari belakang tempat Hanum duduk. Tanpa disadari oleh Alvin, dirinya malah kembali menggunakan panggilan khas dirinya kepada Hanum.

Hanum hanya menggeleng pelan. Oca yang memergoki kejadian tersebut juga hanya mengangkat bahu tanda tak mengerti.

“Kenapa kamu kasih cokelat dariku untuk Oca, apa kamu tak suka?” Alvin berbisik menyambung.

“Kenapa Kak Alvin memberi kue ulang tahun spesial untuk Lita, benarkah dia adik sepupu Kakak?” Hanum balik bertanya. Suaranya terdengar amat getas dengan tatap menusuk. Jika saja bukan berada di dalam ruang perkuliahan, ingin rasanya Hanum menangis.

Alvin terlihat kikuk, menyisakan rasa penasaran pada diri Oca yang memang mendengar semuanya karena posisi duduknya tepat di samping Hanum.

Tapi Oca tak mau ikut bicara sebab ini bukan urusannya. Tugasnya hanya menjadi pendengar dan penasehat, itu pun jika memang diperlukan. Kebetulan Fitri dan Jack sudah pergi ke perpustakaan untuk mencari materi penyelesaian tugas Gelombang. Ada jeda waktu tiga puluh menit menuju jadwal perkuliahan selanjutnya.

"Apa maksud kamu?" Alvin kembali bertanya, kali ini ia genggam tangan Hanum sebab dilihatnya gadis itu hendak beranjak meninggalkannya.

"Lepaskan!" Bentak Hanum lebih seperti menahan tangis.

Bukannya melepas, Alvin justru menggenggam makin erat.

"Kamu kenapa?" Nada suara sedikit tinggi, membuat beberapa teman yang ada di dekat mereka tersadar tengah terjadi drama antara dirinya dengan Hanum. Beberapa pasang mata menatap penasaran, sebelum memilih kembali mengurusi kesibukan pribadi, meski semua mengerti bahwa antara Hanum dan Alvin memang memiliki hubungan tersendiri.

Drama berakhir dengan masuknya dosen, disusul Fitri dan Jack yang setengah berlari dari arah belakang.

Alvin menelan kegelisahan. Hatinya tak menentu. Ia merasa, sepertinya Hanum sudah tahu jika kemarin dirinya merayakan ulang tahun Lita di tempat kosnya.

***

"Han, tunggu!"

Alvin berteriak mengejar Hanum yang telah bergegas menuju lantai bawah

"Ada apa sih, Num?" Oca yang sedari tadi melihat keanehan antara Hanum dan Alvin akhirnya memberanikan diri untuk bertanya, berbeda dengan Jack dan Fitri yang masih belum mengerti apa yang sebenarnya terjadi.

Hanum bergeming, langkah kakinya semakin cepat menuruni anak tangga. Pipinya kuyup, dengan kelopak yang terus meneteskan derai kesedihan.

"Tunggu sebentar, Han!"

Hanum akhirnya menghentikan langkah, bersandar di tepian tangga sambil berusaha menutupi luka yang terus mengucurkan kepiluan.

Oca, Jack dan Fitri tetap berdiri di ujung atas tangga. Sebenarnya mereka ingin turun, tapi Hanum melarang dengan isyarat jari.

"Han, maafkan aku!" Suara Alvin agak tertahan, ada nada penyesalan dalam kalimat permohonan itu.

Hanum mengangguk, hendak melanjutkan langkah kembali. Tapi Alvin menahan tas selempang yang dikenakannya, membuat dirinya mau kembali terhenti.

Oca, Jack dan Fitri hanya saling tatap. Mereka belum juga tahu apa yang sedang terjadi.

"Han, sama dengan kau yang bersahabat dengan Syarif, aku pun juga begitu dengan Lita!" Alvin mencoba menjelaskan.

"Tidak, Kak! Aku sudah tahu semuanya. Lita ... mantan Kak Alvin, kan?" Setetes bening kembali meluncur bersamaan dengan lidahnya mengucap kalimat yang amat dibencinya itu, yang sontak membuat Alvin terhenyak.

"Dari mana kamu tahu semua itu?" Suara Alvin masih sempat terlontar meski kali ini terkesan mengambang.

Hanum mendengus.

"Kak, mungkin cukup sampai di sini aja hubungan kita."

Hanum berlalu, membawa serta seluruh kepedihan yang terangkum, buah pengkhianatan yang dilakukan Alvin secara kejam.

Oca dan Fitri berlari mengejar Hanum, sementara Jack merapat ke arah Alvin.

"Kamu jahat, Vin!" Teriak Oca pada Alvin saat ia telah sampai di lantai dasar.

Alvin terdiam, ia menyadari akan kesalahannya. Ia sendiri juga tak tahu, kenapa bisa kembali menaruh perhatian lebih pada Lita setelah memiliki Hanum.

"Gue harap semua lu jadiin pelajaran," kecam Jack sambil menepuk bahu Alvin dan turut meninggalkannya. Menyusul Hanum.

Alvin masih terdiam meskipun kakinya kini melangkah pulang. Entah kenapa, ia merasa seperti kehilangan arah. Matanya menatap kosong segala yang ada di depannya. Batinnya bergumul, antara keinginan untuk mengejar Hanum atau kembali pada Lita.

Ia terus menyusuri jalanan kampus dengan berjalan kaki sebab Jack yang tadi ditumpanginya kali ini pasti enggan mengantar pulang, dan memilih untuk bersama Fitri dan Oca menghibur Hanum, yang memang memiliki ikatan erat persahabatan.

Namun, langkah kaki Alvin terhenti saat berada di depan sebuah kedai mahasiswa. Ia melihat Hanum menangis sesenggukan di pelukan Oca dan Fitri, sementara Jack hanya menatap diam dari kursi seberang.

Belum pernah Alvin melihat Hanum menangis sesedih itu. Bahkan seumur hidup, belum pernah dirinya melihat ada yang menangis sesedih yang dilakukan Hanum.

Hati Alvin remuk, ingin sekali meminta maaf. Tapi, rasanya semua telah menjadi begitu mustahil.

***

Tak mudah mengubah rasa dari benci menjadi cinta dan sebaliknya

butuh waktu
dan berjumput alasan meski hanya demi menjawab sebuah tanya:
Mengapa
Aku terlanjur menyimpan sejuta rasa padamu
juga ribuan asa, untuk bisa kugapai bersama
ternyata, kata cinta dan ungkapan penuh janji yang terlanjur kuabadikan dalam dada
berakhir hanya dusta, menyisakan cuma luka
Pada sang bayu kutitip sebongkah rindu
yang hingga kini tak berkurang bahkan terus menggebu
agar jauh meluruh selaju hembusmu

"Mbak Hanum, ada temen Mbak menunggu di luar!" Seorang adik tingkat di asrama memberi tahu Hanum dengan sorot mata aneh.

"Siapa?" tanya Hanum, yang sebenarnya sedang enggan menemui siapapun hari-hari belakangan ini.

"Enggak kenal, Mbak. Tapi lelaki, makanya tak saya suruh masuk."

Deg. Lelaki? Hanum tak pernah menerima tamu lelaki di asrama ini kecuali ayah dan kerabatnya. Bergegas Hanum keluar.

Hatinya mencelos ketika tahu bahwa tamu yang dimaksud adalah Alvin. Bukankah ia pernah bilang bahwa asramanya menolak tamu lelaki yang bukan mahram?

"Ada apa lagi, Kak?" tanya Hanum dengan suara rendah tanpa ekspresi.

"Maafin aku, Han."

Hanum mengangguk.

"Kamu mau memaafkanku?"

Hanum kembali menganggukkan kepala.

"Aku tak ingin menaruh benci kepadamu, Kak?"

Ucapan Hanum membuat bola mata Alvin langsung berbinar-binar.

"Kau masih mencintaiku kan, Han?" Alvin berharap kali inipun Hanum akan mengangguk dan mengiyakan.

Hanum tersenyum, membuat keyakinan Alvin kian menebal.

Tapi kalimat Hanum selanjutnya mengikis segala yang tadinya tebal itu.

"Maaf, Kak. Aku enggak bisa. Kita cukup berteman aja mulai hari ini."

"Tapi, Han?"

"Enggak pakai tapi, Kak. Udah, yah, Hanum masuk dulu."

***

Alvin meninggalkan asrama Hanum dengan perasaan melenggong.

Mungkin Hanum memang sudah tidak mencintaiku lagi. Jika begitu, keputusanku untuk kembali dekat dengan Lita memang sudah tepat.

Alvin tak tahu, pada waktu yang bersamaan Hanum masih menggoreskan pena, diperuntukkan tetap dan terus hanya bagi dirinya.

tiada kata terindah di penghujung malam ini untuk kusampaikan padamu
aku hanya manusia biasa
yang selalu merindu kenikmatan hidup bersama yang kucinta
meski dia ada di depan mata, tapi aku tak tahu akan kehendak tuhanku

aku takut melukainya, karena kebahagiaannya
adalah hal terindah dalam hidupku, karena senyumnya,
candanya, tak pernah pudar
dalam ingatanku
melekat jelas setiap waktu
yang kuyakini hanya satu jodoh dan tak mungkin pernah tertukar.
semoga harapanku
kau, alvin.

Tulisan itu ia taruh sembarangan di kamarnya, sebelum malam datang menebar kantuk dan membawanya ke negeri impian.

***

Belenggu Kenangan

"Sayong, aku rindu …."

"Tidaaakkk …!"

Hanum berteriak di tengah tidurnya. Matanya mendelik. Napasnya tersengal-sengal dengan keringat yang membanjir di segenap pori yang ada pada tubuhnya.

Ketika sadar semua hanya mimpi, Hanum mengucap istigfar. Sungguh, Alvin masih sering hadir dalam mimpi, membuat Hanum kian sulit melupakannya.

Entah bagaimana caranya Hanum tak tahu. Rasanya ia sudah melakukan semua cara demi bisa melupakan Alvin. Tapi yang terjadi malah sebaliknya, ingatan tentang Alvin justru selalu muncul di permukaan.

Ini enggak boleh dibiarkan, bisik Hanum pada dirinya sendiri.

Hanum merasa pilu sendiri. Berbutir bening kembali meluruh di pipinya yang kian tirus.

***

Semester Akhir tiba, satu langkah menuju gelar sarjana.

Tidak ada kelas pada semester ini kecuali hanya penyusunan skripsi sebagai prasyarat kelulusan.

Entah kebetulan atau memang garis nasibnya telah ditentukan oleh Yang Maha Kuasa harus seperti itu, Hanum malah memiliki pembimbing skripsi yang sama dengan Alvin!

Jika hal ini terjadi sebelumnya, tentu mereka akan saling bertukar informasi, ide, pikiran juga saling berbagi keluh. Tapi kali ini? Mereka memang sering bertemu dan menukar tatap tanpa sengaja. Namun semua terasa hambar. Jangankan untuk berdiskusi urusan skripsi, sekadar menyapa saja membuat lidah langsung mengejang. Alvin seperti orang asing bagi Hanum, meskipun namanya masih terkenang selalu di dalam hati.

Terlalu sulit melupakan kenangan yang sengaja aku pertahankan, batin Hanum seraya menahan air mata, teringat Alvin mengacuhkannya ketika ia mencoba sekadar menyapa.

Ini memang salahku, aku yang memutuskan semua ini, kembali Hanum bermonolog dengan dirinya sendiri, sebelum memutuskan untuk pergi meninggalkan ruang tunggu dosen. Padahal, ia punya jadwal untuk bimbingan skripsi.

Berjalan sambil melamun membuat Hanum ceroboh hingga menabrak seseorang.

"Maaf, saya enggak sengaja," mohon Hanum ke sosok yang ditabraknya, yang anehnya malah tersenyum geli sambil memandangi Hanum.

"Ustaz Hamdi?" Hanum menunduk. Malunya berlipat ganda ketika menyadari bahwa 'korban tabrak jalan' tersebut adalah ustaznya sendiri, yang setiap malam mengajarkan kajian keagamaan pada dirinya dan seluruh penghuni asrama.

"Kamu kenapa?" tanya ustaz Hamdi melihat mata Hanum memerah.

"Eh, enggak papa, Ustaz." Buru-buru Hanum menghapus sudut matanya, yang ternyata memang basah!

"Hanum pulang duluan ya, Taz," pamit Hanum lalu menghilang dari hadapan Ustaz Hamdi, yang tengah mengantar entah siapa.

***

Maafin aku, Num, bisik Alvin dalam hati ketika melihat Hanum berlari meninggalkan ruang tunggu.

"Yuk, makan," Kehadiran Lita yang tiba-tiba mengagetkan Alvin.

"Aku masih bimbingan," kilah Alvin.

"Ayolah," gerutu Lita dengan manja.

Alvin menyerah. Padahal, ini masih jam sebelas siang, dan membuat janji dengan dosen pembimbing skripsi bukan perkara mudah.

***

"Sial, kenapa sih harus ketemu mereka lagi!" rutuk Hanum ketika membeli air mineral di kantin kampus. Hanum mencoba untuk menyelinap pergi, tapi ternyata Lita melihat dirinya.

"Mbak Hanum, sini makan bareng sama kita." Tangan Lita melambai ke arah Hanum, membuat Alvin otomatis mengarahkan pandangan ke tempat yang sama.

"Aku mau pulang, kalian nikmati saja," ucap Hanum lalu pergi tanpa seulaspun senyum dari bibirnya.

***

"Kau masih menyukainya?" tanya Jack ketika Hanum terlihat kesal melihat Alvin dan Lita di Taman Kota Metro pagi itu.

Hanum geleng kepala dan coba mengalihkan perhatian Jack.

"Kalau udah enggak suka kenapa masih kesal, Num?" Kali ini Oca yang melanjutkan pertanyaan dari Jack.

"Enggak suka aja!" Jawab Hanum sedikit ketus.

"Itu artinya kamu masih suka. Dasar lemah!" ejek Jack sambil terkekeh.

"Udah kamu jujur aja, Num." Fitri menambahkan, membuat Hanum semakin terpojok. Hanum memang tak bisa banyak berkata sebab kendati mulutnya lantang berteriak "Aku sudah tidak mencintainya lagi!" tapi hatinya masih sangat mencintai Alvin. Entah perasaan macam apa yang seperti ini namanya.

Hanum menunduk lesu. Pagi yang sedianya ia habiskan dengan sejuta senyum bersama teman-temannya, harus terhalang oleh keberadaan Alvin dan Lita, yang juga tengah menikmati Car Free Day di Taman Kota.

Hembusan angin pagi membawa dedaunan kering beterbangan ke mana-mana, kluntang-klunting suara pedagang kaki lima turut meramaikan sepanjang sisi jalanan. Kaki Hanum terus melangkah mengikuti kemana pun Oca, Jack dan Fitri pergi. Bagai kupu-kupu tanpa sayap, Hanum tak mampu menerbangkan diri untuk menunjukkan keindahannya. Sejak hubungannya dengan Alvin runtuh, ia kehilangan separuh semangatnya. Senyum yang dulu selalu mengulas manis bersama wajah sumringah pun kini musnah, menyisa bibir manyun-kecut dengan wajah yang memberi kesan menyimpan luka.

"Bawain ya, Vin," perintah si gadis yang terlihat menyodorkan tas berisi air mineral dalam botol. Tanpa sengaja Hanum melihatnya, dan kembali menyulut bara dalam hatinya.

Lita. Ya. Hanum melihat Lita dan Alvin untuk kesekian kalinya. Sesempit inikah dunia, atau memang Alvin yang keterlaluan, hingga kebiasaan bersama dirinya dikloning pula untuk wanita yang lain?

Hanum melihat Alvin dan Lita begitu mesra, mengingatkannya pada masa ketika ia dulu menjadi sangat bahagia diperlakuan seperti itu dari laki-laki, yang sampai sekarang masih ia yakini sebagai jodohnya. Padahal, jelas-jelas Alvin telah bersama Lita, kini, cinta pertamanya.

"Hatimu sakit melihatnya?" tanya Oca yang sejak tadi tak henti memperhatikan Hanum yang seolah tak berkedip saat melihat Alvin dan Lita berduaan.

Hanum memejamkan mata seerat-eratnya, kemudian mengalihkan pandangan dari dua orang yang sebenarnya sangat tidak ingin ia jumpai. Sekarang, dan mungkin selamanya.

"Ayo pulang," ajak Hanum mendadak, membuat Jack, Oca dan Fitri menggerutu panjang lebar meski akhirnya mengiyakan juga.

***

angin, sudahkah kau sampaikan rinduku?
jika belum, tolong sampaikan
kau tahu, rinduku selalu berubah.
Kian waktu semakin bertambah
dan ini menyakitkan, sebab ia tak punya penawarnya.

Hanum menelan ludah saat mengingat semua hal manis yang pernah ia lalui bersama Alvin. Saat listrik padam di malam hujan seperti sekarang ini, Alvin akan sengaja berbalas pesan tanpa henti hingga listrik menyala kembali, demi Hanum tak kesepian dan merasa sunyi sendiri. Hal sederhana tapi meninggalkan kenangan yang sulit terlupakan.

Hanum mendengus, merasa kesal dengan dirinya sendiri yang susah menghapus segalanya tentang Alvin. Harus diakui, ia teramat merindukan Alvin, lelaki yang setiap kata dan tindakannya telah kadung ia abadikan.

***

"Lu nyakitin perasaan Hanum, Vin."

Jack memulai obrolannya malam itu. Hujan lebat sejak sore tadi membuat Jack tak bisa pulang, hingga akhirnya memutuskan untuk menginap di tempat kos Alvin. Lagi pula, ia memang sudah terbiasa tidur di sana hingga tak menjadi masalah.

"Aku?" Alvin balik bertanya pada Jack.

Jack mengangguk. Membuat Alvin tersenyum kecut.

"Jack, kau sendiri tahu kan bahwa Hanum yang mutusin aku, dan bukan sebaliknya!" Alvin mencoba mengingatkan Jack.

"Iya, tapi itu karena dia ngeliat lu bareng Lita."

Alvin terdiam, menatap hujan yang belum juga mau berhenti. Pikirannya terlihat kacau.

"Entahlah, Jack, aku memang salah. Tapi Lita cinta pertamaku, dan Hanum ...."

"Cuma pelarian lu doang, begitu maksudnya?" Jack menatap tajam mata Alvin.

"Enggak, Jack. Enggak gitu." Alvin mengelak.

"Doi sahabat gue. Gue tahu doi sangat tulus mencintai lu." Jack meyakinkan.

Alvin bergeming. Ia kembali menatap hujan, yang kali ini menetes semakin jarang dan menjelma gerimis yang meluruh amat sendu.

***

Makhluk Paling Dungu di Dunia

Hembusan angin pagi dengan dingin yang terasa menusuk tulang tak mengehentikan langkah Hanum untuk sesegera mungkin menuju kampus. Ia ingin selekasnya menyelesaikan tugas skripsi.

"Rajin *tenan* Mbak Hanum ini," sapa seorang *Office Boy* yang memang sudah hafal dengan kegiatan Hanum.

Hanum tersenyum tulus. Lima bulan lebih Hanum datang setiap pagi untuk bimbingan skripsi pada Pak Toni. Tak heran bila Mas OB yang tak Hanum ketahui namanya itu mengingatnya sebab Mas OB memang selalu datang lebih pagi untuk membersihkan ruang Pak Toni setiap harinya.

"Pak Toni belum datang ya, Mas?" tanya Hanum.

"Kayaknya sebentar lagi lho, Mbak," jawabnya sambil mengemasi barang-barang yang dipergunakan untuk *beberes* ruangan, karena tugasnya memang hampir selesai.

Lima belas menit berlalu, Hanum masih juga menunggu. Aneh. Biasanya Pak Toni selalu datang sangat pagi. Seperti lusa ketika Hanum datang pukul 6.30 WIB, ternyata Pak Toni sudah ada di ruangannya.

Waktu terus berderap. Cahaya lampu ruangan telah berganti sinar mentari yang hangat. Namun belum ada tanda-tanda kehadiran Pak Toni.

"Pak Toni belum datang?" Sebuah suara menyelonong tanpa permisi, mengagetkan Hanum yang tengah berkubang dalam lamunan.

Hanum mengerjapkan mata, benaknya berpikir sejak kapan si jangkung ini ada di ruangan bersama dirinya, dan hanya berdua pula!

"Hai, aku bertanya sama kamu ...."

Kalimat Alvin malah membuat Hanum kikuk.

Terkadang, Hanum membenci dirinya sendiri. Ia sangat sebal jika harus berurusan dengan Alvin seperti saat ini, namun ia sendiri juga tak bisa menepis bahwa hatinya masih menaruh harap pada Alvin.

"Belum," Hanum menjawab singkat.

Waktu menjeda, tanpa ada yang bersua di antara keduanya seperti dua sosok canggung yang baru saling mengenal.

"Han, boleh aku tanya sama kamu?"

Hanum mengangguk. Ekspresinya tetap datar. Tak ada seulas pun senyum dari wajahnya yang sebenarnya amat cantik, membuat Alvin agak grogi juga untuk memulai percakapan.

"Apa kamu merasa tersakiti oleh perbuatanku?"

Pertanyaan dungu macam apa ini?

Hanum heran luar biasa kenapa Alvin melontarkan tanya sedungu itu pada dirinya. Apakah dia benar-benar tak tahu bahwa hatinya tentu saja merasa tersakiti? Amat tersakiti, bahkan! Apalagi cinta yang dimilikinya kadung terlalu dalam. Untuk Alvin, yang memang cinta pertamanya sekaligus awalnya ia harapkan sebagai cinta terakhirnya.

"Maafin Kakak ya, Han ...." Alvin menundukkan kepalanya, membuat perasaan Hanum menjadi amat kecut sebab alangkah mudahnya bagi seorang lelaki menyelesaikan kesalahan yang dilakukan, hanya melalui kata maaf semata?

"Kamu tahu, Kak, kalo aku sudah terlanjur mengabadikan setiap kata yang kakak ucap ke Hanum." Akhirnya jelaga di jiwa Hanum merembes juga. Kabut langsung menggelayuti seluruh rona wajah membuat Alvin hanya bisa menelan ludahnya sendiri.

"Maafkan Kakak ya, Han." Alvin mengulang kembali permohonannya.

"Sebuah kata maaf tak pernah bisa mengembalikan kaca yang serpih kembali utuh, Kak!"

"Tapi, Num ...."

"Tapi apa, Kak?"

Hanum memberanikan diri untuk menatap wajah Alvin yang sejak tadi sengaja ia hindari. Benar bahwa ada bergumpal kebencian yang melangit di hati Hanum terhadap sosok di sebelahnya ini. Tapi di sisi yang sama, rindu terus menyeruak untuk Hanum menatap wajah ini. Wajah yang selalu ia bayangkan. Wajah yang selalu ia sematkan dalam setiap untai doa-doa panjangnya kala menghadap Tuhan, dan ... wajah yang selalu ia cari saat dirinya kehilangan semangat dalam menjalani hari. Juga wajah yang terus menghadirkan inspirasi untuk ia melahirkan gurat serta gores pada buku bersampul hijau muda miliknya.

"Sudah dari tadi?" Pertanyaan Pak Toni membuat Hanum dan Alvin terperanjat hingga tanpa sadar menjawab kompak, "Sudah, Pak!" dengan suara agak keras, membuat Pak Toni tersenyum geli membayangkan tingkah mahasiswa bimbingan skripsinya yang jauh lebih mirip bocah TK.

Hanum memasuki ruang Pak Toni untuk bimbingan, sementara Alvin dengan setia menunggu gilirannya. Sayang kesetiaannya menunggu bimbingan tak sama dengan kesetiaannya pada kata yang telah terucap.

***

"Terima kasih banyak atas bimbingan hari ini, Pak Toni. Hanum pamit dulu, salam alaikum."

Tak terasa nyaris satu jam. Pantas saja perutnya melolong minta diisi.

"Kamu mau pulang?" tanya Alvin saat Hanum hendak meninggalkan ruangan, bersamaan dengan dirinya yang baru mau masuk ke dalam ruangan.

Hanum mengangguk.

"Di sini aja dulu. Diluar hujan, awas ada petir."

Ucapan Alvin menyengat Hanum hingga langkahnya terhenti sebelum akhirnya ia tepis sebagai upaya menetralisir hati untuk kemudian kembali melangkah. *Alvin masih ingat jika aku takut petir!*

Gerimis yang awalnya hanya gemericik dengan cepat berubah menjadi hujan lebat disertai angin kencang, membuat orang-orang berlarian mencari tempat berteduh.

Hanum duduk di kursi kayu panjang yang terletak di lorong gedung depan Ruang Dekan. Tak banyak orang di sana. Hanya ada dirinya serta satu mahasiswi yang sepertinya baru saja turun dari masjid kampus yang letaknya memang berjejeran.

Hanum menikmati hujan yang terbentang di hadapannya, membuat segala penat jiwanya seolah hilang seketika meski kerap menyembul lagi sewaktu-waktu. Diambilnya buku bersampul hijau muda dari dalam tas, dan mulai mencurahkan perasaan sederas-derasnya serupa hujan yang kian melebat di depannya.

Al

kenapa begitu susah menghapus jejakmu dalam ingatanku?
hidupku kian berliku
pikiranku terus rancu

karenamu.
Sering kutermenung
Berharap senyummu tak lagi kuingat
tawamu tak lagi kudengar
tapi bagaimana bisa, Al?
hatiku terlanjur merekam sempurna setiap sungging senyum dari wajahmu
telingaku kadung mengingat apik suara tawamu

Al
bantu aku melupakanmu
tolong, bawa berkeping-keping cinta yang telah bertumpuk dalam diri ini.

Usai menulis Hanum membiarkan buku bersampul hijau muda itu tergeletak di sampingnya. Tatapannya kosong meski ia terlihat tengah menatap hujan. Berkali-kali kilat menyambar petir bergemuruh, namun semua alpa dari reaksi pada indera Hanum yang biasanya . Gemuruh rindu di dalam hatinya jauh lebih hingar, membuat dirinya berjarak dari semesta di sekelilingnya. Bahkan hingar petir yang paling ia takuti sekalipun tetap tak mampu mengalahkan hatinya yang tengah masygul.

Seseorang berdeham di sebelah Hanum. Namun Hanum masih membisu, tenggelam dalam dunianya yang sendu dan penuh rasa pilu.

"Hanum?"

Hanum masih tak memberi reaksi. Entah tak mendengar atau memang tak mau mendengar.

"Hanum?"

Hanum tergeragap, dan terkejut melihat Ustaz Hamdi duduk di sebelahnya berjarak satu meter.

"*Are you okay?*" Ustaz Hamdi bertanya sepenuh perhatian.

"Ehmmm ... Yes, Taz. I'm OK." Hanum sesekali memperbaiki posisi duduknya, ia tak tahu sejak kapan Ustaz Hamdi ada di sampingnya. "Ustaz udah dari tadi?"

"Iya, aku menjemput adik."

Hanum memperhatikan mahasiswi yang tadi duduk di sebelahnya. Ternyata memang adik Ustaz Hamdi. Hanum pernah bertemu pada kajian di asrama hanya saja gundah di hatinya menjadikan dirinya tak lagi mengenal siapa pun juga apa pun.

Hujan mereda, menyisakan genangan di mana-mana. Hanum menengadahkan kepala, memandangi sisa hujan yang masih membekas pada helai-helai tanaman hias yang tersusun rapi di teras kampus untuk terakhir kalinya sebelum berpamitan kepada Ustaz Hamdi.

"Hanum, ini bukumu?" tanya Ustaz Hamdi, membuat Hanum tersadar belum memasukkan kitab curhatannya ke dalam tas.

"Tulisanmu bagus. Maaf aku tak sengaja membacanya."

Wajah Hanum lebih merah dari kepiting rebus. Kenapa bisa ia lalai hingga tulisannya terbaca oleh Ustaz Hamdi. Dan parahnya lagi, itu tentang cinta!

"Hanum, kamu patah hati?"

Wajah Hanum semakin panik. Jantungnya berdetak lebih kacau. Bingung bertabur bingung harus menjawab apa.

***

KALUT

"Siapa suruh pacaran?" Ustaz berusia tiga puluh lima tahun itu membuat Hanum kembali malu usai dirinya menceritakan segala yang dialami.

Tapi mau bagaimana lagi. Ia sudah terlanjur menceritakan segalanya pada ustaz ramah yang memiliki gaya dakwah menyenangkan hingga membuat santri tak sungkan mendekat ini. Hanum yakin Ustaz Hamdi bisa memberi solusi seperti yang pernah ia alami pada konsultasi sebelumnya di setiap kajian.

"Hanum, perbaiki perasaanmu. Dekatkan diri sama Allah, minta yang terbaik. Tapi ingat, yang terbaik menurut kita belum tentu yang terbaik menurut Allah ...."

Sebuah nasehat yang begitu menyejukkan. Hati Hanum terasa damai mendengarkan sepercik wejangan dari Ustaz Hamdi itu, meskipun prosesinya penuh cengar-cengir antara menahan malu dan sedih buah susah *move on*.

Akhirnya malah Ustaz Hamdi yang berpamitan untuk pulang duluan.

"Kalo kamu ingin melupakan Alvin, maka menikahlah ...."

Hanum nyaris tersedak ludahnya sendiri mendengar saran ajaib tersebut.

Menikah?

Sebuah hubungan yang tak pernah ia pikirkan dalam hidupnya.

Hanum memang sering membicarakan perihal hubungan rumah tangga saat ia dekat dengan Alvin. Tapi ia tak punya ide jika itu harus dijalani dengan selain Alvin. Kepalanya semakin pening.

"Kau belum pulang?" Alvin tiba-tiba muncul di hadapan Hanum.

Hanum menarik napas panjang, merutuki nasib karena harus kembali bertemu dengan Alvin.

Hanum menggelengkan kepalanya. Tetap saja ia merasa ada ritme berbeda pada jantungnya setiap kali Alvin muncul secara mendadak. Ia ingin sekali menyembunyikan rasa cinta bercampur benci dalam dirinya, tapi begitu susah.

"Kau menunggguku, ya?" kata Alvin penuh rasa percaya dirinya.

Tanpa berpikir panjang Hanum langsung menjawab, "Pede banget jadi orang," lalu pulang.

Dari arah berlawanan Lita tampak membawakan bekal untuk sarapan Alvin.

Begitu romantis, lirih Hanum kembali kembara ke masa-masa masih dirinya yang membawa bekal untuk Alvin. Pernah suatu ketika Alvin tetap memakan bekal dari Hanum padahal ia sudah makan siang, hanya karena tak ingin membuat Hanum kecewa. Walhasil perutnya langsung begah.

Tapi hari ini, Alvin sengaja menyakiti perasaan Hanum dengan begitu mudahnya, mengingatkan Hanum betapa hati memang mudah membolak-balik. Hanya saja, kenapa hatiku tak kunjung berubah? Kenapa selalu tetap sama? Tetap menyimpan nama lelaki yang telah menyakitinya itu dalam sepenggal doa?

Dasar aku yang bodoh!

Hanum mendengus kesal sambil terus berjalan menuju kantin kampus untuk sarapan.

***

Hampir setiap jengkal hari Hanum lewati dengan penuh kemurungan diri. Sejak perpisahan dengan Alvin, hari-harinya terasa kosong.

"Sudahlah, Num. Lupakan saja Alvin." Oca tak tahan melihat Hanum larut dalam kekacauan hati terus-menerus.

Di depan Alvin dan Lita, Hanum memang terlihat baik-baik saja. Tapi sebenarnya Hanum telah hancur.

Hanum hanya menunduk lemas, menatap kosong secangkir kopi susu buatan Oca yang mulai dingin. Malam itu Oca memang sengaja menginap di tempat Hanum.

"Aku salah, Ca," lirih Hanum.

"Salah kenapa?" Oca balik bertanya, berharap dengan cara itu dapat membantu Hanum menyelesaikan kerumitan hati yang melulu enggan hengkang.

"Salah karena terlalu menaruh harap pada Alvin." Hanum menangis.

"Sudahlah. Aku yakin kamu bisa melupakannya, Num." Oca memeluk tubuh Hanum yang tampak semakin kurus.

Lama berbincang membuat kantuk akhirnya melanda keduanya. Tapi ketika hendak membaringkan tubuh di sebelah Hanum, tanpa sengaja Oca melihat kertas yang terselip dalam buku bersampul hijau milik Hanum.

Diambilnya kertas dan buku itu sambil melirik Hanum yang lelap, dibacanya satu demi satu.

Mata Oca memerah. Ia tak menyangka sahabatnya begitu mencintai Alvin, laki-laki jahat yang dengan mudahnya meninggalkan Hanum.

***

Sidang skripsi sudah di depan mata, menghadirkan semangat empat lima bagi mahasiswa tingkat akhir yang selangkah lagi meraih gelar sarjana.

Hanum, Oca dan Fitri mendapatkan jadwal sidang skripsi secara bersamaan. Dibalut kemeja dan jilbab putih bersanding rok hitam plus almamater kampus kebanggaannya, Hanum siap melakukan sidang skripsi. Jack memberikan semangat untuk ketiga sahabatnya tersebut. Dirinya baru akan sidang lusa bersamaan dengan jadwal Alvin.

Sidang skripsi selesai, Hanum sujud syukur atas segala kemudahan yang Tuhan berikan dalam perjalanannya menuju gelar sarjana. Setidaknya, ini bisa dijadikan hadiah ulang tahun untuk dirinya sendiri di usianya yang ke-22.

Dari ruangan yang berbeda Oca dan Fitri mengalami hal yang sama. Bertiga mereka saling berpelukan, memberi dan menerima selamat lalu bersama menuju resto dekat kampus demi perayaan kecil-kecilan atas keberhasilan hari ini. Bersama Jack tentu saja.

"Selamat buat kalian bertiga. Jangan lupa besok doain ane lancar." Jack bersulang sembari melahap nasi goreng tiwul kesukaannya.

"Pasti itu, Kak," sambut Hanum sambil mengacungkan jempol tangan kanannya, diikuti dua jempol lain milik Oca dan Fitri yang sibuk menggoyang lidah merasakan lezatnya nasi bakar cumi.

Asyik berbincang tentang hal-hal yang terjadi dalam sidang ketika Hanum mendadak terdiam. Selera bicaranya menguap dengan raga yang seperti ingin terbang secepat mungkin dari tempat tersebut.

"Ayo pulang, Ca." Hanum memaksa.

Oca yang menyadari kedatangan Alvin dan Lita di tempat itu langsung cepat tanggap.

"Kamu pulang sama Fitri aja, ya, aku mau mampir ke rumah tanteku dulu. Ada perlu penting," bohong Oca.

"Baiklah. Ayo, Fit." Hanum bergegas meninggalkan tempat duduknya.

Hanum sudah meninggalkan resto bersama Fitri. Begitu pula dengan Jack. Tapi tidak dengan Oca, ia sengaja ingin bertemu dengan Alvin. Maka saat dilihatnya Lita pergi ke kamar mandi, dengan cekatan Oca menghampiri Alvin.

"Ada apa, Ca?" tanya Alvin penasaran.

"Kamu tahu enggak sih kalau kamu sangat melukai Hanum, Vin?" Semprot Oca tanpa basa-basi.

"Apa dia juga tahu kalau sikapnya dengan Syarif juga melukaiku?" Alvin menuding balik, nadanya emosi.

"Kamu salah, Vin. Hanum sangat mencintaimu!" Oca meradang.

Alvin mengalihkan pandangan dari Oca yang terus merangsek. Ia sendiri tidak tahu apa yang sebenarnya terjadi pada perasaannya. Di sudut hatinya yang terdalam, ia sebenarnya tak rela melihat Hanum sedih. Apalagi karena dirinya. Namun, ia juga terlanjur kembali membiarkan Lita masuk ke dunianya.

"Vin, coba kau baca ini!" Oca menyodorkan android-nya.

Baru membaca beberapa deret mata Alvin langsung berkaca-kaca. Tangannya gemetar, dadanya sesak serta terasa ada sembilu yang megiris hatinya hingga luka dan penuh darah.

Benarkah aku membuat Hanum seterluka ini? batin Alvin mengembalikan android Oca yang berisi foto tulisan yang dicuri dari buku harian bersampul hijau muda semalam.

"Apa kau masih meragukan cintanya, Vin?"

Alvin diam. Hatinya bergemuruh. Gemuruh semakin mengguntur ketika Oca memberikan lipatan kertas pada Alvin.

"Ada yang tertinggal. Ini juga tulisan Hanum."

Alvin selesai membaca tulisan di kertas yang diberikan Oca, menyimpannya lalu menunggu Lita kembali dari toilet untuk mengajak pulang.

Kali ini, hati Alvin yang menyerpih berserakan, terhantam gemuruh rindu lewat tulisan Hanum yang dibacanya.

***

Teruntuk, Al
seseorang yang pernah dengan indah mengisi hari-hariku.
selamat ulang tahun, Al
yang kini sudah menjadi masa laluku.
semalam aku bermimpi tentangmu,
membuatku mengingat cerita yang pernah kita tulis ratusan hari lalu.
kau tahu, aku masih berharap Tuhan menjaga setiap mimpimu,
memudahkanmu menggapainya
sama seperti doaku hari lalu
saat hati kita masih bersatu.
percayalah meskipun kau hancurkan hatiku berkeping-keping,
dan hanya menyisakannya
satu keping saja
aku tetap menyayangimu

***

Hanum, maafkan aku.

Apakah Aku Sudah Terlambat?

Satu minggu sejak Oca menemuinya, Alvin masih terombang-ambing antara harus meminta maaf kepada Hanum atau tetap membiarkan Lita semakin dalam masuk pada kehidupan pribadinya. Tapi setiap kali teringat tulisan-tulisan Hanum, hatinya menyerah. Ia mencercap ketulusan dari tiap huruf yang Hanum rangkai menjadi kata penuh makna.

Detik itu juga Alvin mengambil keputusan, ia ingin memperbaiki semuanya.

"Ada apa, Kak?" tanya Hanum segera setelah ada yang memberi tahu dirinya bahwa Alvin menanti.

"Han, maafin Kakak, ya." Suara Alvin terdengar parau.

Hanum terdiam. Lagi dan lagi ia hanya bisa menatap kosong wajah Alvin yang sebenarnya sangat ia rindukan.

"Aku tahu kau sangat merindukanku." Kali ini Alvin membalas tatapan Hanum. Tajam. Membuat Hanum memejamkan matanya.

"Kita perbaiki semuanya ya, Han. Kita ulang cerita-cerita indah kita. Aku janji kita akan ...."

"Cukup, Kak. Cukup!" Suara Hanum bergetar hebat, ini kali pertama Alvin mendengar Hanum membentaknya.

"Akan berapa banyak lagi janji yang Kak Alvin ucap untukku, dan berapa banyak lagi yang akan kamu ingkari kelak, Kak?" Hanum memandang nanar wajah Alvin, yang sebenarnya ingin sekali ia tatap lama tersebab rindu yang belum juga sirna dari relung jiwa.

"Kak, apa kamu ingat janji yang terucap waktu aku pulang dari rumah sakit dulu?" Bendungan Hanum jebol.

Wajahnya bersimbah air mata tanpa peduli lagi malu atau tidak. Ia hanya ingin memuntahkan segalanya. Keluhkesahnya, sayangnya, juga benci dan rindunya sekaligus.

"Maafin aku, Han ...." Alvin mencoba untuk menghapus air mata Hanum, tapi dengan cepat ditepis oleh Hanum.

"Sebenci inikah kamu sama kakak? Kakak tahu kamu masih mencintaiku, Han. Kakak tahu kamu selalu mendoakan kakak sama seperti dulu." Nada suara Alvin meninggi, membuat kulit wajahnya yang putih menyala ketika amarah bercampur rasa bersalah yang sekian lama bersemayam di dadanya tersembur keluar.

"Seyakin itu Kakak sama aku?" Hanum balik bertanya.

Alvin menganggguk mantap. Bagaimana ia tidak yakin jika sudah membaca semua tulisan Hanum, yang sengaja ditulis untuk dirinya seorang?

"Kak, maaf. Aku enggak bisa." Hanum pergi dari hadapan Alvin. Sekuat tenaga Hanum coba melepaskannya, tapi tetap ia tak kuasa.

"Apa alasannya?"

Hanum hanya terdiam.

"Lalu apa maksud semua ini?" Alvin mengambil selembar kertas yang ia simpan di saku celana dan memberikannya pada Hanum.

Hanum terisak saat ia membaca sendiri tulisan yang ia rangkai dengan sepenuh hatinya.

"Kamu mencintaiku kan, Han?" bisik Alvin pelan. "Aku mohon, kembalilah padaku ...."

"Aku bukan hujan yang akan kembali setelah jatuh berkali-kali, Kak." Wajah Hanum luar biasa sendu.

"Tolong maafkan aku ...."

Alvin bersimpuh di hadapan Hanum, membuat air mata luruh dengan lebih gegas di pipi sang dara.

"Kak, aku sudah memaafkan semuanya." Hanum turut bersimpuh. Keduanya saling berhadapan dalam tunduk bersama gerimis yang entah mengapa menetes begitu tiba-tiba, memberi basah merata pada baju yang mereka kenakan. Tapi, keduanya tak peduli.

"Lalu, kenapa kau tak mau meneri—"

"Kak, aku ... aku sudah menerima pinangan orang lain." Terbata-bata Hanum menyatakan apa yang sebenarnya terjadi.

Kalimat Hanum merupa petir di telinga Alvin, membuat dirinya langsung hilang tulang. Matanya sayu, napasnya sengal.

"Kau bercanda kan, Sayong?" Alvin mengguncang tangan Hanum dan meletakkan di dadanya.

Hanum menggelengkan kepalanya, kali ini tangisnya semakin menjadi, bercampur dengan derai hujan yang turut membesar di langit sana.

"Tapi, apa alasannya?" desak Alvin.

"Tidak semua keputusan memerlukan sebuah alasan, Kak," Hanum melepaskan genggaman tangan Alvin dengan penuh perasaan.

"Kamu mencintaiku kan, Han? Lalu kenapa kamu menerima pinangan orang lain?" Kali ini Alvin yang mulai terisak.

"Hati tak pernah berbohong, Kak, keadaanlah yang selalu berbohong," ucap Hanum perih.

Apakah aku sudah terlambat? Benarkah aku telah begitu terlambat?

Alvin terduduk lemas. Terus bertanya-tanya hal yang sama, tentang kebenaran bahwa dirinya, terlambat meminta Hanum untuk kembali?

***

Keputusan Paling gila, Lelucon yang Sangat Tidak Lucu

"Hanum, kekonyolan apa lagi yang kamu buat?" tanya Oca dengan nada suara melengking.

"Masuklah dulu, Ca."

Oca menurut. Fitri mengikut.

"Apanya yang konyol, teman-temanku tersayang?" Hanum mencoba mencairkan suasana.

"Kamu bilang sama Alvin kalau kamu sudah dipinang orang. Itu konyol, bukan?" Oca kembali meledak, sementara Fitri masih menyimak dengan baik alur pembicaraan dua sahabat kentalnya itu.

"Itu enggak konyol." Suara Hanum terdengar mantap.

"Tidak konyol gimana, Num? Kamu berbohong sama Alvin padahal masih cinta sama dia, kan? Gimana kalau dia tahu kamu bohong?" Fitri tak tahan juga, turut menggelontorkan sederet tanya.

"Itu juga enggak bohong. Aku memang sudah menerima pinangan orang lain."

Jawaban Hanum kali ini membuat Oca dan Fitri saling tatap. Melongo.

"Iih, enggak lucu, Num. Sumpah enggak lucu banget!" sembur Oca.

"Itu juga bukan lelucon."

Hanum lalu menunjukkan cincin emas yang melingkar di jari manisnya.

"Kau sudah gila?" Fitri tak tahan dengan tingkah Hanum. Ditelitinya jari manis Hanum dengan seksama, membuat Fitri kembali melongo sebab cincin itu asli emas dan berbentuk khas yang biasa digunakan untuk acara pinangan.

"Lalu, kenapa kamu tak menceritakan ini pada kami? Katamu kami teman baikmu?" Oca akhirnya menyerah. Ia merasa dirinya tengah masuk ke alam kegilaan. Alam cinta Hanum yang jauh dari kata biasa.

"Maafkan aku, Ca, Fit. Sebenarnya aku udah mau kasih tahu kalian, tapi ternyata malah udah tahu duluan." Hanum memasang muka melas dan sedihnya. Sementara Oca tetap tak habis pikir keputusan yang telah di buat oleh Hanum hingga dia menerima pinangan orang lain.

Sia-sia aku memberi tahu tentang isi hatimu pada Alvin, kalau ternyata sudah menerima pinangan orang lain, rutuk Oca dalam hati.

"Aku kecewa sama kamu, Num. Kamu tak jujur dengan perasaanmu sendiri." Oca kembali mencerca dengan wajah iba.

"Iya, tapi semoga ini yang terbaik." Hanum meyakinkan kedua sahabatnya, atau lebih tepatnya sebenarnya ia sedang meyakinkan dirinya sendiri.

Andai Alvin menemuiku sehari saja sebelum hari itu, aku pasti tak akan membohongi perasaanku sendiri.

Alvin benar-benar datang terlambat!

***

"Gue juga enggak tahu kalau Hanum udah dipinang orang, Vin," ucap Jack mencoba menenangkan Alvin.

"Aku yang salah, Jack. Aku terlambat, " sahut Alvin dengan wajah sayu.

"Yang sabar, Bro. Gue udah bilang di awal dulu, kan?"

Jack berlalu, karena dilihatnya Lita menghampiri Alvin.

***

"Dengan siapa kamu tunangan, Num?" tanya Fitri hati-hati khawatir Hanum tak mau berbagi.

Hanum tersenyum, sepertinya hatinya sudah membaik.

"Bang Faris," jawab Hanum membuat mata Oca dan Fitri mendelik.

"Bukankah dia ... ?" Suara Oca terhenti. Takut salah menebak.

"Dia guruku semasa SMA," Kata Hanum, membuat Fitri yang belum tahu menganggguk-angguk bingung.

Faris Salahuddin memang guru sejarah di SMA tempat Hanum sekolah dulu. Ia juga tidak menyangka bahwa Bang Faris—*begitu Hanum memanggilnya*—akan meminangnya. Sebab yang ia tahu, Bang Faris dikenal sebagai Ustaz Sejuta Akhwat.

Hanum tak begitu paham asal-usul gelar nyeleneh yang disandang Bang Faris. Konon rumornya, Bang Faris pernah dekat dengan banyak teman wanitanya. Bahkan kalau tidak salah dengar, Bang Faris juga mengalami kejadian memilukan, yaitu ditinggal menikah oleh tunangannya.

Awalnya Hanum berniat menolak pinangan Bang Faris. Tapi setelah mendengar masukan dari Ustaz Hamdi, Hanum luluh. Dengan berbagai pertimbangan, tentunya. Termasuk salah satunya bahwa Bang Faris ternyata kawan karib Ustaz Hamdi.

"Apakah dia sudah tobat?" Oca menatap Hanum lekat.

Hanum tak menjawab. Ada sedikit ragu menyeruak di wajah cantiknya. Tapi langsung ia tepis sebab ia percaya kepada sosok perantaranya Ustaz Hamdi.

Bukan tanpa alasan gosip miring santer menerpa Bang Faris.

Pria berusia 27 tahun dengan postur menjulang ditambah paras rupawan dengan lesung pipit di kedua pipi memang sungguh menggoda selera, hingga tak heran banyak teman wanita terbawa perasaan bila diakrabi oleh Bang Faris.

***

"Hanum, kamu tak perlu ragu. Faris laki-laki yang baik," tegas Ustaz Hamdi ketika Hanum kembali bertanya tentang Bang Faris.

"Katanya Bang Faris dijuluki *Ustaz Sejuta Akhwat*, playboy dong." Mulut Hanum manyun ke depan membuat istri Ustaz Hamdi tertawa kecil melihatnya.

"Apakah kita bisa menilai orang dari katanya?" Ustaz Hamdi balik bertanya.

Hanum menggelengkan kepalanya, teringat akan hal-hal baik yang ia kenang semasa menjadi murid dari Bang Faris dulu. Dalam ingatannya, Bang Faris adalah sosok yang baik, memegang teguh ibadah serta banyak mengisi kajian di sekolah dan masjid desa. Ia juga pernah melihat Bang Faris menjadi khatib pada salat Idul Fitri, hal yang belum bisa dilakukan oleh Alvin, lelaki yang dicintainya.

"Kamu mempermasalahkan Faris perihal dirinya yang disebut Ustaz Sejuta Akhwat, sedangkan kamu sendiri juga pernah pacaran, bahkan sepertinya masih berusaha *move on* dari Al ... siapa itu namanya?" Ustaz Hamdi menggoda Hanum dengan pernyataan yang sangat mengejutkan.

Bener juga sih kata Ustaz, batin Hanum.

"Hanum, kamu tak usah banyak memikirkan masa lalunya. Bagaimana jika situasi berbalik, dan calon suamimu yang mengusik kisah silam kamu? Insyaallah keputusanmu menerima pinangan Faris adalah benar," pungkas Ustaz Hamdi menutup pembicaraan sebelum ia berangkat ke masjid untuk menunaikan zuhur berjamaah.

***

"Kapan rencana akad walimahmu dengan Hanum, Ris?" tanya Bunda Indah.

"Insyaallah setelah Hanum wisuda, Bunda," Faris menjawab tanya bundanya dengan penuh semangat.

Faris anak tunggal Bunda Indah Maimunah dan Ayahanda Abdurrahman. Sosoknya yang sangat dewasa dan mudah bergaul, aktif dalam keagamaan serta ditambah parasnya yang tampan membuatnya banyak disukai, terutama oleh kaum hawa. Tak heran bila kemudian tersiar julukan yang disematkan kepadanya Ustaz Sejuta Akhwat.

Faris mengenal Hanum ketika dirinya masih duduk di bangku kuliah dan mengambil praktik mengajar di sekolah Hanum. Sebenarnya, sudah dari dulu Faris memiliki perasaan berbeda terhadap Hanum, terutama saat ia melihat senyum gadis cantik itu. Tapi Faris tahu diri. Hanum masih terlalu muda untuk direcoki segala urusan yang tak seharusnya seperti itu. Hingga akhirnya takdir berkata lain. Setelah melalui proses yang cukup panjang serta dukungan dari Hamdi, akhirnya ia beranikan diri untuk melamar Hanum.

Faris pernah mendengar Hanum menjalin hubungan dengan seseorang namun telah kandas. Ia tak mempermasalahkan itu. Baginya, semua orang memiliki masa lalu, yang kurang baik pula jika banyak dikutak-kutik.

Faris percaya Hanum akan mampu menjadi pendampingnya di dunia, juga di surga kelak, dengan segala kekurangan dan kelebihan yang dimiliki oleh Hanum. Cukup hanya itu yang menjadi pertimbangan terbesar Faris meminang Hanum.

***

Gemuruh Rindu

Janur kuning melengkung yang terpasang di depan jalan masuk tenda melambai-lambai acuh tak acuh. Alunan musik terus mengalun meramaikan acara resepsi pernikahan Hanum dan Faris.

Alvin Sanjaya datang di pernikahan Hanum dengan ditemani Lita. Mereka berdua datang dengan baju *couple* berwarna biru muda.

Alvin tampak tampan dengan kemeja lengan panjang, celana dan sepatu pantofel hitam, sementara Lita memakai jilbab dan baju gamis berwarna senada.

"Selamat, ya," kata Lita saat menjabat tangan Hanum, yang di balas dengan anggukan kepala.

Alvin bersalaman tanpa mengucapkan sepata kata pun.

Tak kusangka seperti ini rasanya ditinggal menikah oleh orang yang kita cintai. Ternyata aku datang kerumahmu hanya sebagai tamu undangan, dan bukannya menjadi lelaki yang meminang dirimu.

"Alvin, terima kasih telah datang," ucap Hanum sesaat sebelum Alvin menuruni singgasana pengantin. Alvin tersenyum dan melambaikan tangan tanda perpisahan.

Untuk beberapa waktu, tatapan Hanum terus melekat ke Alvin yang mulai meninggalkan acara resepsi.

"Lu baik-baik aja, Vin?" tanya Jack yang melihat Alvin tak banyak berkata selama acara resepsi.

"Yes, *I'm fine*," jawab Alvin sambil tersenyum tipis. "Aku sudah ikhlas, Semoga Hanum bahagia." Alvin menambahkan.

"Iya. Lu juga yah, Vin. Cepetan menyusul bahagia sama Lita." Jack menepuk bahu Alvin sebelum mereka berpisah.

Di atas panggung, suara biduan mendayu-dayu melantunkan perasaan Alvin.

selamat kuucapkan padamu
wahai orang yang pernah paling aku sayang
kulepas dirimu dengan ikhlas
moga Tuhan jagakan dirimu dan dia

kudatang berikan selamat
walau langkah kaki gamang
untuk kamu aku datang
semoga dirimu bahagia

kulepas dirimu dengan ikhlas
semoga engkau dan dia bahagia

dulu kita pernah berbagi rasa
kini kita hanya teman biasa

dulu kita bisa berencana
tapi Tuhan penakdir semua
hidup terus berjalan
engkau tlah kurelakan
pada Tuhan semua
kupasrahkan[16]

***

---

[16] *Kulepas dengan Ikhlas*, Adibal, dipopulerkan oleh Lesty Kejora

"Ini jalan cerita cinta kita, Vin," lirih Hanum pada sebuah foto yang terpajang di kamar. Foto dirinya bersama Alvin saat di Yogya, sebelum akhirnya Hanum menggantinya dengan yang lain: Foto dirinya bersama Bang Faris.

maaf, kisah kita telah usai
aku akan merangkai kembali kisah cintaku yang baru.

***

Di kamarnya, Alvin tersenyum misterius. Ia telah menyiapkan rencana khusus pasca pernikahan Hanum. Rencana paling ambisius yang pernah ia buat seumur hidupnya.

Maafkan aku, Lita. Tunggu aku, Han ....

TAMAT (?)

TENTANG PENULIS

Ellya Apria N atau yang akrab di panggil El oleh teman-temannya adalah wanita asli kelahiran Lampung Timur 26 tahun lalu.

Ia sangat menyukai dunia literasi. Baginya, menulis adalah cara terbaik mengungkapkan segala isi hati dan isi kepala.

Karya pertama yang telah diterbitkan adalah Antologi Merajut Cinta (Laduni-2021). Alumni Pendidikan Fisika UM Metro Tahun 2016 ini sekarang aktif sebagai Tenaga Pendidik di MA Muhammadiyah 1 Purbolinggo-Lampung Timur.

Begitu banyak pesan cinta yang ingin penulis sampaikan kepada pembaca. Semoga lewat tulisan-tulisan yang tak seberapa ini, tetap dapat memberikan secuil kesan dan inspirasi bagi pembaca dalam menjalani kehidupan.

Salam manis dari penulis.

Akun media sosial :
Ig : @aprianingsih_ellya
FB : Ellya Apria N
Wa : 0813-9648-2099

www.ingramcontent.com/pod-product-compliance
Lightning Source LLC
LaVergne TN
LVHW040443051026
849517LV00002B/737